अनन्य प्रयोग

अनन्य प्रयोग

(लघु प्रेरक कथाएं)

तुलसी जैन

:– हिन्दी रूप :–
स्मिता महेन्द्र

ब्लाक ईगल बुक्स
भुवनेश्वर, उड़िशा
BLACK EAGLE BOOKS
Dublin, USA

अनन्य प्रयोग / तुलसी जैन / हिन्दी रूप: स्मिता महेन्द्र
ब्लाक ईगल बुक्स, भुवनेश्वर, उड़िशा

 BLACK EAGLE BOOKS

USA address:
7464 Wisdom Lane
Dublin, OH 43016

India address:
E/312, Trident Galaxy, Kalinga Nagar,
Bhubaneswar-751003, Odisha, India

E-mail: info@blackeaglebooks.org
Website: www.blackeaglebooks.org

First International Edition Published by
BLACK EAGLE BOOKS, 2023

ANANYA PRAYOG
by **Tulsi Jain**
Translated by **Smita Mahendra**

Original Copyright © **Tulsi Jain**
Translation Copyright © **Smita Mahendra**

Cover & Interior Design: Ezy's Publication

ISBN- 978-1-64560-375-7 (Paperback)

Printed in the United States of America

मेरा विनम्र मत

बचपन में कहानियां सुना करता था। बड़ा होने पर कहानियों को पढने का मन हुआ। विगत कुछ वर्षो से कथा और कहानियां लिखने का प्रयास करने लगा। चिंतन के आरोह–अवरोह के क्षण में असहायता का बोध यदा कदा करता रहा हूं। भाषा माध्यम है भाव के अभिव्यक्ति का यह मुझे अच्छी तरह ज्ञात था। पर भावों को पूर्ण रूपेण प्रकट करने का सामर्थ्य भाषा में नहीं होती– यह अनुभूति से लेखनी अवरुद्ध सी हो जाती है।

माता-पिता, दादा-दादी, नाना-नानी तथा गुरुजनों से बहुत सारी मजेदार बातें सुनी है। प्राचीन शास्त्रों का निरंतर अध्ययन भी करता रहा हूं। अणुव्रत आन्दोलन के प्रवर्तक आचार्य श्री तुलसी, विश्वके महान दार्शनिक आचार्य श्री महाप्रज्ञ एवं परम पावन आचार्य श्री महाश्रमण तथा अनेक साधु-साध्वियों, मुनि– ऋषियों के प्रेरणा पारावार में डूबने और तैरने का प्रयत्न करता रहा हूं। इनके अतिरिक्त समसामयिक प्रसंग (Current Affairs) मेरी रुचि का विषय होने से, उनमें से आवश्यक सामग्री मिल जाती है। इन सबको अपनी स्वयं की भाषा और परिधान में प्रस्तुत करने का यह मेरा विनम्र प्रयास है।

विश्व के समस्त भाषा और साहित्य पर काव्य, कविता, उपन्यास, तत्व और ज्ञानोद्दीप्त निबंधों की तरह लघुकथा और कहानियों का भी सम परिमाण में अधिकार है। मेरा मानना है कथा और कहानियों

का एक अलग आकर्षण है। लोगों के पास वृहत् उपन्यासों को पढ़ने का धैर्य नहीं हैं, समय का भी अभाव है एवं अबोध्य कविताओं को समझने की मानसिकता भी नहीं है। कथाजगत् से हमें त्वरित आनंद प्राप्त होता है, दिलोदिमाग में मधुर झनझनाहट पैदा होती है। केवल दो तीन पैराग्राफस् में दर्शन के गूढ़ तत्व को समझाया जा सकता है। मानव समाज के साहित्य, संस्कृति और सभ्यता की यह मूल्यवान वैभव है।

इस लघु कथा शतक की अनेक कथाएं आपके परिचित हैं, कुछ अति परिचित हैं तो कुछ अपरिचित भी हो सकती हैं। ओड़िया भाषा के विभिन्न दैनिक और साप्ताहिक पत्रपत्रिकाओं में इनका धारावाहिक प्रकाशन हुआ है। दिग्गज साहित्यकारों, ज्ञानीजनों तथा साधारण पाठकों ने इनको उदार आशीर्वाद और स्नेह प्रदान किया। कथाओं में मैंने दैविक स्पर्श देने की कहीं पर चेष्टा नहीं की, पर मानवीय मूल्यबोध और संवेदनाओं का आश्लेष देने का प्रयास अवश्य किया है। यह कथाएं मनुष्य की मौलिक आदिम मनोवृत्तियों का परिमार्जन कर पाएगें – ऐसा दंभ मैनें कभी नहीं किया। पर पुस्तक के किसी पृष्ठ ने यदि पाठक की आखों को नम कर दिया अथवा उनके अधरों पर मधुर मुस्कान ला पाया तो अपनी सृष्टि को सार्थक मानूंगा। हमारे कोमल पौध के सम्यक निर्माण में यह कथाएं यदि सामान्य सा योगदान कर पाते हैं, तो माँ वीणापाणि और उनकी प्रदत्त ऋतंभरा लेखनी के प्रति श्रद्धा और कृतज्ञता शतगुणित हो जाएगी।

किसीने सटीक कहा है– यदि मर कर भी अमर रहने का अभिलाष है तो पठनयोग्य लेखन करें अथवा लेखनयोग्य कर्म करें। हमें स्मरण रखना होगा कि समय के चक्र को रोकने की क्षमता एक मात्र अक्षर के पास है। वही संस्कृति की अस्तित्व व अस्मिता को चिर सुरक्षित रख पाता है। पुस्तक की कथाएं व्यक्ति की निर्वाण चेतना का जागरण तो संभवत: नहीं

कर पाएंगी पर सम्यक् आचरण का महापथ अवश्य प्रशस्त करेंगी। विस्तारित करने की कुशलता यदि है तथा कल्पना की कोमल परस देने में यदि हम सफल होंगे तो इनमें से कुछ कथानकों को उपन्यास का रूप दिया जा सकता है – यह मेरा विनम्र मत है। पर मेरी अपनी सीमा है, सीमित सामर्थ्य है– यह मैं भली भांती जानता हूं।

मूल ओड़िआ ग्रंथ को ओड़िशा के अग्रगण्य प्रकाशक विद्यापुरी कटक ने सन् 2013 में प्रकाशित किया। ओड़िशा के दिग्गज साहित्यकारों एवं साधारण पाठक वर्ग ने इसे जी भरकर प्यार दिया। इसकी लोकप्रियता को देखते हुए श्रीमति स्मिता महेन्द्र ने इसे हिन्दी रूप देने का मन बनाया। स्मिता चिंतनशील, धीर गंभीर, विदुषी हैं। बचपन से स्वाध्याय के प्रति गहन रुचि रही है। सबको सहयोग कर आगे बढ़ने हेतु प्रेरित करती रही हैं। क्रोध, मान, माया और लोभ आदि कषायों को उपशांत करने हेतु निरंतर प्रयास करती आई है। ऐसी पुत्री के पिता होने पर मुझे सात्विक गौरव और गर्व है।

पुस्तक हिन्दी भाषी पाठकों का स्नेह और श्रद्धा, प्राप्त करने में अवश्य सफल होगा – इसी आशा और विश्वास के साथ शुभाशंसा।

तुलसी जैन

Tulsi Jain
Po/- Tusra, 767030
Dist - Balangir
Email: tulsijain4@gmail.com
Contact : 79780 82766

मैं कृतज्ञ हूं

महापुरुषों के जीवन से प्रेरणा लेकर हम अपने जीवन के स्तर ऊंचा कर सकते हैं। कभी कभी पढ़ी हुई एक छोटी सी बात भी हमारे जीवन के दशा और दिशा में सम्यक परिवर्तन ला सकती है। प्रेरक प्रसंगों से अपनी त्रुटि और कमियों को दूर करने का अवसर मिलता है। प्रस्तुत पुस्तक में कुछ ऐसे ही प्रसंगों का संकलन किया गया है।

आज का युग प्रबंधन का युग है। How to achieve more through less effort.. ये गुरुमंत्र हर प्रबंधन गुरु देना चाहते हैं। साहित्य के क्षेत्र में भी यही दौर चल रहा है। प्रलंब लेख या कहानी पढ़ने के लिए समय और उत्साह दोनों की कमी दिख रही है। छोटी छोटी कहानियों के माध्यम से जीवन में बड़े परिवर्तन आ जाना संभव लग रहा है। प्रस्तुत पुस्तक की मूल कृति ओड़िया भाषा में **"अनन्य प्रयोग"** के नाम से प्रकाशित है। जिसके रचयिता मेरे जन्मदाता श्री तुलसी राम जैन हैं। उन्ही की प्रेरणा और आशीर्वाद से ही इसका हिन्दी रूपांतरण करने का मैने प्रयास किया है। पापा प्रारंभ से ही हम बच्चों में मूल्यबोध एवं चरित्रबोध दृढ़ करने के लिए हमें महापुरुषों के जीवन प्रसंग सुनाते थे। उनकी लेखनी के साथ संपूर्ण जीवन भी मानवीय मूल्यों को सहेज कर रखने की शिक्षा देती है।

आशा है अपने व्यस्त जीवन से कुछ समय निकाल कर लोग इसका पठन करेंगे, तथा अनन्य प्रयोगों को अपने व्यवहार में प्रयोग कर स्व और पर का कल्याण करेंगे।

परम पावन गुरुदेव आचार्य श्री महाश्रमण जी आदि समस्त भारतीय ऋषि परंपरा एवं साधु-शाध्वियों तथा अपने पूज्य जनों के प्रति कृतज्ञता प्रकट करते हुए इन दिव्य आत्माओं के मंगलमय आशीर्वाद की भिक्षा मांग रही हूं।

हिंदी टाईपिंग को लेकर मन में शंका बनी हुई थी। पर पद्मा मैडम, संबलपुर ने पुस्तक का डीटीपी आदि कार्य का सुचारु संपादन कर मुझे आश्वस्त कर दिया। हिन्दी के मर्मज्ञ विद्वान श्री ईश्वर चंद्र जैन, टिटिलागढ एवं श्री कैलाश चंद्र खेमका, बेंगलूर का ग्रंथ के संशोधन-परिमार्जन में आंतरिक सहयोग प्राप्त हुआ। हृदय से धन्यवाद।

जीवन में प्रथम सृजन का अपना उल्लास और पुलकन होता है। क्यों कि स्वप्न जो साकार होने जा रहा है। पर मन आशंकित है। राष्ट्रभाषा के विशाल पाठक वर्ग के हाथों में पुस्तक के भाग्य की डोर थमाते हुए उनके स्नेह और आशीर्वाद की कामना करती हूं।

स्मिता

Smita Mahendra
C/o - M/s S.K. Kishanlal & Co.
At - Kantabanji, Dist - Balangir, Odisha
Email : smitajaintmm@gmail.com
Contact : 88958 10444

अनुक्रम

।।1।।

सद् गृहस्थ और उत्तम संन्यासी की परिभाषा

कई बार मन में द्वंद्व की स्थिति आती है कि गृहस्थ जीवन अच्छा या संन्यास का जीवन। निर्णय लेना कठिन हो जाता है। आदर्श गृहस्थ या संन्यासी बनने के लिए अधिक श्रमशील और सहनशील होना पड़ेगा। गृहस्थ में रहकर भी निर्विकार जीवन जिया जा सकता है।

एक बार संत कबीर के पास एक युवक आता है और प्रश्न करता है – "मेरे लिए गृहस्थ में रहना उचित है या प्रव्रजित होना?" कबीर उसके बातों को अनसुना कर अपने काम में लगे हुए रहते हैं। अचानक अपनी पत्नी को दीपक जलाने का आदेश देते हैं। उनकी पत्नी तुरंत आदेश का पालन करते हुए उनके पास जलता हुआ दीपक रख के चली जाती है। कबीर अपनी पत्नी को फिर आवाज देते हुए दो गिलास दूध (खुद के लिए और उस युवक के लिए) भेजने को कहते हैं। थोड़ी ही देर में उनके सामने दो गिलास दूध आ जाता है। जिसे पीकर कबीर अपनी पत्नी की प्रशंसा करने लगते हैं। वह युवक विस्मयचकित होकर कबीर दंपत्ति की हरकतों को देखता रहता है। जब वह अपना प्रश्न फिर दोहराता है। तब संत कबीर कहते हैं मैंने तो तुम्हारे प्रश्न के पहले भाग का उत्तर दे दिया है। युवक को कुछ समझ ना आने पर वे कहते हैं – "अगर तुम गृहस्थ होना चाहते हो तो तुम्हे हमारे जैसे होना पड़ेगा। मैंने अपनी पत्नी को दिन के उजाले में दीपक जलाने को कहा। मेरी पत्नी ने कोई प्रश्न किए बिना आदेश का पालन किया। फिर तुमने देखा वह जो दूध लेकर आई उसमें गलती से शक्कर की जगह नमक डाला गया था,

जिससे दूध का स्वाद बहुत खराब हो गया था। फिर भी मैंने बिना कुछ प्रतिवाद किए वह दूध को आनंद से सेवन किया। इसीलिए अगर गृहस्थ रहना है तो सहनशील बनके आदर्श गृहस्थ बनो।"

तुम्हारे प्रश्न के दूसरे भाग के समाधान के लिए हमें वन में जाना पड़ेगा। दोनों घने जंगल के पहाड़ी के नीचे पहुंचते हैं। पहाड़ के ऊपर एक संन्यासी रहते थे। कबीर ने उन्हें नीचे आकर आशीर्वाद देने का अनुरोध किया। वह संन्यासी उसी समय नीचे उतरते हैं और उन दोनों को आशीर्वाद देकर ऊपर चले जाते हैं। कबीर ने उन्हें पुनः निवेदन किया नीचे आकर आशीर्वाद देने को, संन्यासी बृद्ध थे फिर भी उनका अनुरोध स्वीकार करते हुए वह दूसरी बार नीचे आते हैं और आशीर्वाद देकर फिर ऊपर चले जाते हैं। तीसरी बार कबीर पुनः प्रार्थना करते हैं उस सन्यासी से नीचे आकर उन्हें आशीर्वाद देने के लिए। इस पर वह सन्यासी मुस्कुराते हुए बिना संकोच के शांत मन से नीचे उतरते हैं और उन दोनों को आशीष देते हुए फिर ऊपर चले जाते हैं। अद्भुत समता और सहनशीलता!

तब कबीर उस युवक से कहते हैं अगर संन्यासी बनना चाहते हो तो इनके जैसे श्रमशील और सहनशील होना पड़ेगा। इसका सार यही है गृहस्थ हो या संन्यास दोनों में ही आदर्श स्थापित करने के लिए सहनशीलता का अखंड अभ्यास करना आवश्यक है।

।।2।।

अप्रतिम गुरुभक्ति

भारतीय संस्कृति में अनादि काल से गुरु शिष्य की गौरवशाली परंपरा जीवित है। गुरु के वात्सल्य एवं शिष्य के विनय ने हर युग में नये कीर्त्तिमान स्थापित किये हैं। अल्पज्ञ और मार्गच्युत शिष्य को भी अपने अनुभव से अर्जित ज्ञान एवं शास्त्रों का आलोक प्रदान कर अर्हता संपन्न बनाने में गुरुकुल की भूमिका अत्यंत महत्वपूर्ण रही है। गुरुभक्ति के लिए भारत विश्व पटल पर प्रख्यात है। इतिहास के हर पृष्ठ में गुरु शिष्य के संबंध को बड़े आदर के साथ व्याख्या किया गया है। पाश्चात्य संस्कृति में भी कहीं-कहीं ऐसे उदाहरण देखने को मिल जाते हैं।

ग्रीस के सम्राट सिकंदर अपने गुरु अरस्तु के साथ पदयात्रा कर कहीं दूर जा रहे होते हैं। उनके साथ और कोई नहीं था। मार्ग में उफनती हुई नदी ने उनका रास्ता रोका। अरस्तू कहते हैं – "मैं जा कर देखता हूं पानी कितना गहरा है।" यह सुनकर सिकंदर कहते हैं – "आप रुकिए, गुरुदेव, मैं जा कर देखता हूं।" गुरु कहते हैं – "नहीं नहीं तुम तो अभी बालक हो। पहले मैं नदी पार करता हूं मेरा ईशारा पाकर तुम आ जाना।" गुरु की दृष्टि में शिष्य देश का सम्राट क्यों न हो पर एक बालक ही रहता है। पर सिकंदर उनके कुछ करने से पहले ही पानी में कूद जाते हैं। दूसरे किनारे जाकर अपने गुरु को आवाज देते हैं कि गुरुदेव आप धीरे-धीरे आ जाइए नदी में ज्यादा पानी नहीं है। अरस्तू धीरे धीरे नदी पार कर सिकंदर के पास पहुंचते हैं। लेकिन उनका चेहरा क्रोध से लाल

हो जाता है। सिकंदर की धृष्टता से वह क्षुब्ध हो जाते हैं। उनका यह रुप देखकर सिकंदर हाथ जोड़कर पूछते हैं – " गुरुदेव मुझसे कुछ भूल हो गई क्या ?" अरस्तू गुस्से में कहते हैं – "तुमने मेरी अवज्ञा की है। मेरे मना करने पर भी तुम नदी में कूद पड़े, तुम्हारी इस उद्दंडता से मैं आहत हूं।" सिकंदर बड़े ही मासूमियत से उत्तर देते हैं – "क्षमा करें गुरुदेव, आप को आहत करना मेरा उद्देश्य नहीं था। आपकी अवज्ञा करुं उससे पहले मैं मर जाना पसंद करूंगा।" इसके बाद सिकंदर ने जो मार्मिक बात कही वह विश्व के समस्त शिष्यों के लिए प्रेरणा स्त्रोत बन जाती है। उन्होंने कहा – "गुरुदेव ! नदी की गहराई से हम दोनों अनभिज्ञ थे, यदि आप पहले उतरते और कुछ दुर्घटना हो जाती तो मेरे जैसे हजार सिकंदर मिलकर भी एक अरस्तु तैयार नहीं कर पाते। इसीलिए मैं पहले गया। मुझे कुछ हो भी जाता तो कोई चिंता की बात नहीं थी। क्यों कि आप अगर सुरक्षित हैं तो मेरे जैसे हजार हजार सिकंदरों का निर्माण करने में आप समर्थ हैं– यह मैं जानता हूं। इसीलिए हे गुरुदेव, मेरी भावना को समझ कर मुझे उदार हृदय से क्षमा कीजिए।" शिष्य की इस अप्रतिम भक्ति से गुरु की आंखें छलछला गई।

।। 3 ।।

संन्यासी और संपत्ति

एक कहावत है, गृहस्थ के पास अगर कौड़ी नहीं तो उसका मूल्य कौड़ी का और संन्यासी के पास अगर कौड़ी है तो उसका भी मूल्य कौड़ी का। तात्पर्य ये है गृहस्थ के लिए धन दौलत जरुरी है क्योंकि दरिद्रता चरम अभिशाप है। लेकिन एक गृहत्यागी संन्यासी के लिए धन दौलत का क्या प्रयोजन ? इससे उसकी जीवनचर्या दूषित होती है। जिस संन्यासी को रुपयों के प्रति मोह रहता है उस संन्यासी का कोई मूल्य नहीं रह जाता।

मगध के सम्राट श्रेणिक के महामंत्री अभय कुमार ने सचिवालय के गवाक्ष से देखा कि राजपथ पर एक वृद्ध मुनि चले आ रहे हैं। उसी समय वह नीचे उतरते हैं और मुनिप्रवर को प्रणाम करते हैं। दूसरे मंत्रियों को यह बात शायद कुछ अच्छी नहीं लगी। उन्होंने प्रश्न किया – "आपने उन्हें प्रणाम क्यों किया ?" महामंत्री कहते हैं – "एक त्यागी संन्यासी को नमस्कार करना मेरा कर्तव्य है।" प्रतिवाद स्वरुप दूसरे मंत्री कहने लगते हैं – "वह आदमी कल तक एक लकड़हारा था। लकड़ी बेचकर अपनी आजीविका चलाता था। आज भिक्षाचारी बनके एक सहज मार्ग को अपना लिया है। यहां उसका त्याग कहां है, समझ नहीं आ रहा है?" यह सुन महामंत्री अभय कुमार चुप रहते हैं।

दूसरे दिन मंत्रिमंडल की एक जरूरी बैठक बुलाकर प्रस्ताव रखते हैं कि जो भी व्यक्ति अग्नि का प्रयोग और नारी का स्पर्श का

त्याग करेगा उसे एक लाख स्वर्णमुद्राएं पुरस्कार स्वरुप दिया जाएगा। मंत्रिमंडल द्वारा प्रस्ताव को अस्वीकार किया जाता है। वे तर्क करते हैं कि अग्नि के प्रयोग कि बिना भोजन कैसे बनेगा? एवं स्त्री का संग त्याग करके एक लाख स्वर्णमुद्रा मिल भी जायेगा तो क्या काम आएगा? यह प्रस्ताव ग्रहण योग्य नहीं है। यह सुनते ही महामंत्री अभय कुमार सभी मंत्रियों को साथ लेकर उस मुनि के पास पहुंचते हैं। उनसे अग्नि का प्रयोग कर भोजन पकाने का अनुरोध करते हैं। पर वह सीधे मना कर देते हैं।

फिर उन्हें विवाह का प्रस्ताव दिया जाता है। इस प्रस्ताव को वे दृढ़ता के साथ प्रत्याख्यान कर देते हैं। अब महामंत्री मंत्रिमंडल से पूछते हैं कि क्या वह मुनि एक लाख स्वर्ण मुद्राएं पाने के हकदार हैं? मंत्रिमंडल की स्वीकृति से उन्हें पुरस्कार राशि प्रदान करने की व्यवस्था की जाती है। पर मुनि अपरिग्रही होते हैं। उन्होने निस्पृहता से उत्तर दिया – "मुझे यह धन दौलत नहीं चाहिए, कृपया आप लोग मुझे अकेला छोड़ दें और मेरी साधना में सहयोग करें।" यह सुनते ही महामंत्री का चेहरा खिल गया। उन्होंने मंत्रिमंडल से पूछा जो व्यक्ति इतनी बड़ी धनराशि का त्याग कर सकता है निश्चित ही वह त्यागी पुरुष है। उसे प्रणाम करना अनुचित है यह आप लोगों ने कैसे सोच लिया? समग्र मन्त्रिमंडल को अपनी गलती का एहसास होता है और वह सब संन्यासी के चरणों में नत होकर क्षमा प्रार्थना करते हैं।

|| 4 ||

निरर्थक आलोचना

दूसरों के दोषों की ओर अंगुली निर्देश करना या योग्यता ना होते हुए भी टिप्पणी करना एक मानवीय दुर्बलता है। कुछ लोग अपने आप को सभी चीजों में विशेषज्ञ मानते हैं। परंतु जब यथार्थ से उनके स्वयं का सामना होता है वह असहाय हो जाते हैं। उस समय उनकी समझ में यह बात आ जाती है कि जो लोग कुछ करते हैं उनकी आलोचना करने की बजाय उन्हें प्रोत्साहित करना उचित है। क्योंकि निरर्थक आलोचना उनके आत्मविश्वास और मनोबल को तोड़ देती है।

एक बार एक विश्वप्रसिद्ध चित्रकार अपने जीवन का सर्वश्रेष्ठ चित्र अंकन करते हैं। उस चित्र को देखकर वह इतने संतुष्ट होते हैं कि शहर के बीच चौक में उसे रख देते हैं और उसके नीचे लिख देते हैं कि यदि किसी को इसमें कोई त्रुटि दिख रही है तो उस जगह पर एक निशान करने से मुझे खुशी होगी। सुबह जब वह चित्रकार वहां जाकर देखते हैं तो अपनी आँखों पर यकीन नहीं कर पाते हैं। पूरा चित्र निशानों से भरा हुआ है। वह अवसाद से भर जाते हैं। उनकी नजर में जो सर्वश्रेष्ठ चित्र था उसमें उतनी त्रुटि हो सकती है यह सोच कर अपना आत्मविश्वास खोने लगते हैं। खाना पीना छोड़ देते हैं।

उनकी यह हालत देख उनके पिताजी चिंतित हो जाते हैं। स्थिति को समझकर अनुभव की रोशनी से उन्हें एक मार्ग सुझता है।

वह अपने पुत्र को बुलाकर कहते हैं– "पुत्र! एक ऐसे ही चित्र और बनाओ। फिर उसे वहीं रख कर आओ। पर इस बार उसके नीचे यह लिखना यदि इस चित्र में आपको कोई त्रुटि दिख रही है तो आप उसे कृपया सुधार दें। मैं आपका आभार मानूंगा।" पिता के परामर्श मानकर चित्रकार ने वैसा ही किया। आश्चर्य! दूसरे दिन जब वह जाकर देखते हैं तो चित्र को सुधारना तो दूर किसी ने एक बिंदु भी नहीं लगाया था।

यही समाज का सार्वभौम नियम है। आलोचना करना सब जानते हैं पर गलती को सुधारने की क्षमता किसी किसी के पास ही होती है।

।।5।।

दृष्टिभिन्नता

जगत में दो प्रकार के लोग रहते हैं सकारात्मक दृष्टिसंपन्न और नकारात्मक दृष्टिसंपन्न। हमेशा दूसरों की गलतियों को देखना अच्छी बात नहीं है। प्रत्येक मनुष्य के पास अच्छे और बुरे दोनों गुण रहते हैं। परिणाम में तारतम्यता हो सकती है। प्रश्न होता है हमारी ग्रहणशीलता कितनी है ? हमारी दृष्टि के अनुसार यह सृष्टि है। आवश्यक है मधुमक्खी जैसे दृष्टिकोण की। वह पुष्प से आहार और सौरभ लेता है। पर मक्षिका का दृष्टिकोण लेकर हम कभी सफल नहीं हो सकते।

वासुदेव श्रीकृष्ण द्वारिका में विराजमान थे। संयोगवश युधिष्ठिर और दुर्योधन दोनों किसी कार्य के लिए द्वारिका आते हैं। श्रीकृष्ण नें दोनों को अलग अलग बुलाकर आनेवाले तीन दिनों में द्वारिका नगरी का विहरण कर सर्वेक्षण करने को कहते हैं। युधिष्ठिर से नगरी के दुष्ट व्यक्तियों का नाम एवं दुर्योधन से अच्छे व्यक्तियों का नाम लिखकर लाने को कहते हैं। तीन दिन बाद पहले दुर्योधन आता है उसके कागज में एक भी अच्छे व्यक्ति का नाम नहीं था। श्रीकृष्ण के पूछने पर वह कहता है – "आपकी राजधानी में एक भी व्यक्ति अच्छा होता तो मैं नाम लिखता । यहां सब दुष्ट और खल प्रकृति के ही लोग हैं। आप धन्य हैं, ऐसे परिवेश में कैसे रह रहे हैं? आप सावधान रहना कहीं उनके सानिध्य में रहकर चरित्र भी न बदल जाए।"

वासुदेव श्रीकृष्ण चुप रहते हैं। फिर युधिष्ठिर आते हैं। उनका कागज भी खाली था। श्रीकृष्ण के पूछने पर युधिष्ठिर कहते हैं – "क्षमा करें प्रभु, मैं बहुत घूमा पर द्वारिका में एक भी दुष्ट प्रकृति के व्यक्ति का संधान नहीं कर पाया। सब बहुत शांत और गुणवान हैं। आप बहुत भाग्यशाली हैं ऐसे सत्यवादी और चरित्रवान प्रजा आपको मिले हैं। मुझे तो यह नगरी छोड़कर जाने की इच्छा ही नहीं हो रही है।"

वही द्वारिका नगरी। वही समान लोग। पर दो भिन्न भिन्न दृष्टिकोण। दूर्योधन की मक्षिका दृष्टि को छोड़ युधिष्ठिर की मधुमक्षीय दृष्टि को अपनाने से स्वयं के साथ दूसरों का भी मंगल हो सकता है।

।।6।।

तव बाधति बाधते

जगत् गुरु हमारी संस्कृति, समृद्धशाली विरासत हमारे नाम सदैव रही है। प्राकृत और संस्कृत भाषा से यह ऋद्धिमंत है। किंतु पाश्चात्य संस्कृति के प्रभाव से पिछले कुछ शतकों से भारतीय साहित्य, संगीत, नृत्य और कला अवक्षयगामी हो रहे हैं। दुष्परिणाम जानते हुए भी हम निर्विकार हैं।

पुरानी बात है। एक दिन राजा भोज प्रातः भ्रमण के लिए निकले। सांस्कृतिक नगरी उज्जयिनी संस्कृत भाषा की केंद्र स्थली थी। राजा भोज ने मार्ग में एक वृद्धा को देखा। लकड़ी का भार उठाने में वह असमर्थ प्रतीत हो रही थी। उस असहाय वृद्धा को देखकर राजा तत्क्षणात् उसके भार उठाने में सहायता करने लगते हैं। आत्मीयताभरे स्वर में पूछते हैं – "माता स्कन्धं बाधति किं ?" एक राजा के मुखारविंद से अशुद्ध वाक्य का उच्चारण उस वृद्धा के लिए असहनीय हो जाता है। वह प्रत्युत्तर में कहती है – "स्कन्धं न बाधते राजन तव "बाधति" बाधते।" अर्थात हे राजन, इस भार से मुझे कोई परेशानी नही है, अपितु आपके द्वारा प्रयोग किया गया "बाधति" शब्द मुझे बहुत दुख दे रहा है। राजा के ज्ञानोदय होता है। अशुद्ध संस्कृत उच्चारण के लिए वह वृद्धा से क्षमा प्रार्थना करने लगते हैं।

प्राचीन भारत की संस्कृति कितनी महान थी। एक साधारण वृद्धा भी राजा भोज को शुद्ध संस्कृत शिक्षा देने में समर्थ थी। उस समय हर एक नागरिक विद्वान था। क्या यह बात आज के युवाओं में जोश और प्रेरणा भर पाएगा ?

।। 7 ।।

केंकडा वृत्ति

एक दूसरे की प्रगति देख ईर्ष्यान्वित होना आज की मानसिकता बनती जा रही है। दूरदर्शन में एक विज्ञापन आता है जिसमें एक महिला दूसरे को कहती है – "मेरी साडी तुम्हारी साड़ी से ज्यादा सफेद।" कोई अगर उन्नति कर रहा है इसे देखकर हमारे अंदर प्रमोदभावना का संचार होना चाहिए। उससे उन्नति का मंत्र सीख प्रेरणा ले पाए तो अपने साथ समाज का भी मंगल कर सकते हैं। किंतु उस व्यक्ति का अमंगल सोच कर उसके निम्नगामी होने की कामना करने लगते हैं। इस प्रवृत्ति को केंकडा वृत्ति कहा जाता है।

युरोप के एक दार्शनिक समुद्र के किनारे टहल रहे थे। वो देखते हैं एक मछुआरा समुद्र में जाल फैला रहा है। मछली फंसने पर उसे बंद टोकरी में रख रहा है और केंकडा फंसने पर उसे एक खुली टोकरी में रखता जा रहा है। यह देखकर दार्शनिक चिल्लाते हैं – "अरे मूर्ख यह क्या कर रहा है! केंकड़ा को खुली टोकरी में रख रहा है, वह सब भाग जाएंगे।" मछुआरा हंसने लगता है और कहता है – "मूर्ख मैं नहीं आप हैं।" दार्शनिक पूछते हैं– "कैसे ?" वह कहता है– "देखिए! मछलियों को मैं बंद टोकरी में रख रहा हूं क्योंकि इनके भाग जाने की संभावना है। पर केंकड़ों के चरित्र से शायद आप परिचित नहीं हैं। जहां पर भी एक से ज्यादा केंकड़े होते है, उनमें से कोई एक ऊपर चढ़ कर भागने की कोशिश करता है तो दूसरे मिलकर उसकी टांग खींच कर उसे नीचे गिरा देते हैं। वर्तमान भारतीय समाज इस मनोवृत्ति से ग्रसित है। इसका परिशोधन भी असंभव दिखने लगा है। इस मानसिकता से व्यक्ति और समाज को दूर रखना आज की मुख्य चुनौती बनती जा रही है।

।। 8 ।।

भोग में योग

प्रत्येक मनुष्य को जीवन में दो प्रकार की स्थितियों का सामना करना पड़ता है। अनुकूल और प्रतिकूल। सुख-दुख, प्रिय-अप्रिय क्षण जीवन में बार बार आते रहते हैं। पर विचित्र बात है दुख में या प्रतिकूल समय में तो वह धैर्य रखने में समर्थ हो जाता है, पर सुख के प्राचुर्य में वह अपना नियंत्रण खोने लगता है। जो भोग में रहकर भी योग का साधन करने में समर्थ होता है, विकारग्रस्त नहीं होता वह पूज्य हो जाता है। प्राचीन बांग्मय की एक घटना।

आचार्य के पास तीन शिष्य आते हैं। तीनों ही कहते हैं- "गुरुदेव! हम विशेष साधना करना चाहते हैं। आपकी अनुमति चाहिए।" गुरुजी जिज्ञासा भरे नयनों से उनकी ओर देखने लगते हैं। प्रथम शिष्य कहता है- "गुरुदेव मैं कुएं के चबुतरे पर बैठ तपस्या करूंगा।" गुरु ने कहा - "दुष्कर"। द्वितीय शिष्य ने कहा - "गुरुदेव मैं सिंह की गुफा में खड़े रहकर तपस्या करूंगा।" गुरु आश्चर्यान्वित होकर कहने लगे - "अति दुष्कर"। तृतीय शिष्य कहता है- "गुरुदेव मैं राजनर्तकी रूपकोशा के रंग महल में रहकर तपस्या करूंगा।" यह बात गुरुदेव को सहसा विश्वास नहीं हुआ। उनके मुंह से निकल पड़ा- "अति... अति... अति दुष्कर"। वही होता है। रूपकोशा का भव्य रंगमहल, कामोद्दीपक चित्र, मादक परिवेश प्रतिक्षण स्खलना की संभावना। लेकिन उस शिष्य ने कायमनोवाक्य में संयम रखने में पूरी तरह सफलता अर्जित किया। तपस्या की समाप्ति पर तीनों ही शिष्य गुरु के चरणों में उपस्थित होकर अपनी अपनी सफलता की सूचना देते हैं। आचार्य ने सभी को अभिनंदन कर तृतीय शिष्य को कहते हैं - "हे स्थुलिभद्र, तुम महान हो। तुम देव दानव मनुष्य सभी के प्रात: स्मरणीय होकर रहोगे।"

|| 9 ||

भाई भाई होता है

राम लक्ष्मण और राम भरत के प्रेम को देखकर भ्रातृप्रेम के प्रति गहरी भक्ति उत्पन्न होती है। आज के युग में भी ऐसा प्रेम देखने को मिल सकता है। कई बार भाई भाई में विवाद की स्थिति भी आ जाती है। पर यह मनमुटाव स्थायी नहीं होता। आपसी संबंध मधुर होने में ज्यादा समय नहीं लगता। एक तरफ से थोड़ी नरमाई दिखाने से दूसरे का हृदय निश्चित आंदोलित होगा– इसमें संदेह नहीं है।

अविभक्त पंजाब का एक छोटा सा गांव। एक परिवार में दो भाई प्रेम से रहते थे। एक बार 144 वर्गफीट के एक छोटे से आंगन के लिए दोनों भाइयों में इतना कलह हो गया कि 28 किलोमीटर दूर जिल्ला मुख्यालय में एक दूसरे के विरुद्ध केस दर्ज किया गया। दोनों भाइयों में बातचीत बंद हो गई। यहां तक कि एक दूसरे के सुख दुख में भी नहीं आते जाते हैं। दीर्घ 30 साल तक केस चलता रहता है।

एक दिन दोनों अपनी अपनी बैलगाड़ी में न्यायालय पहुंचते हैं। विचारपति ने फिर से सुनवाई की। एक और तारीख तय कर दी। दोनों बैलगाड़ी लेकर वापस चल पड़ते हैं। बड़ा भाई आगे, पीछे पीछे छोटा भाई। अचानक बड़े भाई (जो कि बैलगाड़ी में खड़े होकर गाड़ी को दौड़ा रहा था) कि धोती की लांग खूलकर चक्के के पास नीचे चली आती है। छोटा भाई यह सब देख रहा था। वह समझ जाता है कि अगर यह धोती चक्के में फंस गई तो भाई गिर जाएंगे और उन्हें गहरी चोट आ सकती है। वह पीछे से आवाज देता है– "भाई, भाई थोड़ा रुकिए।" 30 वर्ष के

अंतराल के बाद छोटे भाई के मुंह से भाई शब्द सुनकर बड़ा भाई चौंक जाता है और पूछता है– "क्या हुआ?" छोटा भाई कहता है – "आपकी धोती की लॉग खूलकर चक्के के पास पहुंच गई है, उसे संभालिए वरना आप गिर जाएंगे।" बड़ा भाई नीचे उतरकर धोती को ठीक करता है। छोटे भाई के पास आकर कहता है– "चलो शहर चलते है।" छोटा भाई कहता है– "भाई अभी तो दो महीने बाद सुनवाई है। आज और क्यों जाएंगे?" बड़ा भाई भावुक होकर कहता है – "तू कौन सी तारीख की बात कर रहा है रे। जो भाई मुझे गिरते हुए नहीं देख सकता उसके विरोध में कैसा केस, कैसी सुनवाई?" बड़ा भाई कोर्ट जाकर वह 144 वर्ग फीट के आंगन के साथ साथ अपना सब कुछ छोटे भाई के नाम लिख देता है। छोटा भाई यह देखकर रोते रोते बड़े भाई के चरणों में गिर जाता है। 30 साल की तिक्तता 3 मिनट में खत्म हो जाती है।

|| 10 ||

लौह वणिक

जीवन के सफर में हम अनेक विचारों को ग्रहण कर अपने लिए स्पष्ट और सही मार्ग का चयन करते हैं। लेकिन अगर हमारे विचार से कोई भी बेहतर विचार है तो उसे अपनाने में संकोच नहीं करना चाहिए। हमारे चिंतन में संशोधन की अपेक्षा हो सकती है तथा दूसरों में अच्छाई हो सकती है। हेय को छोड़कर उपादेय को स्वीकार करना हमारे लिए लाभदायक होता है। अगर हम हमारे विचारों के प्रति आग्रहभाव रखेंगे तो हमारी अवस्था लौह वणिक जैसे हो जाएगी।

चार मित्र व्यवसाय करने के लिए दूर रत्न देश जाते हैं। रास्ते में लोहे का खदान आता है। चारों अपने अपने शक्ति अनुसार लोहा लेकर आगे बढ़ जाते हैं। थोड़ी दूर चलने के बाद चांदी का खान आता है। तीन मित्र लोहा छोड़कर चांदी पकड़ लेते हैं। पर चौथा लोहा छोड़ने को राजी नहीं होता। थोड़ी दूर और चलने के बाद उन्हें सोने का खान दिखता है। तीनों चांदी को छोड़कर सोना उठा लेते हैं। पर वह चौथा अपनी जिद पर अड़ा रहता है। जितना समझाने पर भी लोहा को छोड़ता ही नहीं। चारों मित्र आगे बढ़ते हैं। आगे उन्हें रत्न की खान दिख जाती है। वह तीनों सोना को फेंक हीरा, माणिक आदि बहुमूल्य रत्न समेट लेते हैं। चौथे मित्र को कहते हैं- "अभी तो इस लोहे को फेंक दो। अनमोल रत्न पड़ा है इसे उठा लो, अन्यथा प्रायश्चित के सिवाय तुम्हें कुछ हाथ नहीं लगेगा।" चौथा मित्र गुस्सा हो जाता है और कहता है –

"तुम लोगों का कोई आदर्श ही नहीं है। कभी लोहा, कभी चांदी, कभी सोना फिर यह हीरा। तुम्हारे मन में स्थिरता नहीं है। परंतु मैं अटल हूं। जिसको एक बार ले लिया उसे छोड़ूंगा नहीं। मुझे बार बार बोल कर मेरे आत्मबल को डिगाने की कोशिश मत करो।" चारों मित्र वापस आते हैं।

लोहा लेकर आया हुआ युवक लोहा बेच के उस पैसा से चनाचूर बेचने का व्यवसाय प्रारंभ करता है। अन्य तीनों युवक हीरा, माणिक आदि रत्नों को बेचकर करोड़पति बन जाते हैं। चना बेचने वाले युवक को एक दिन उसका एक मित्र अपने विशाल प्रासाद से देखता है और उसे ऊपर बुलाता है।

दोनों एक दूसरे को देखकर पहचान जाते हैं। चना बेचने वाला युवक मित्र की शान-शौकत देख अपनी बेकार की जिद के लिए खुद को कोसने लगता है। अपने कर्म और भाग्य का रोना रोकर वह दुखी हो जाता है।

।। 11 ।।

लोगों की आदत, अनावश्यक आलोचना

लोग क्या कहेंगे? यह भय सर्वदा व्यक्ति के मन में रहता है। उदात्त चरित्र के लिए यह कुछ हद तक आवश्यक भी है। पर लोगों की मूल्यहीन आलोचना से डरने से निराशा ही हाथ लगती है। अपनी विवेक चेतना को अगर प्राथमिकता दी जाती है तो सफलता सुनिश्चित है।

एक बार एक पिता अपने किशोर पुत्र के साथ घोड़े पर बैठकर शहर जाता है। रास्ते में एक गांव आता है, कुछ लोग बैठकर गपशप करते रहते हैं। इन पिता पुत्र को देखकर वह लोग कहते लगते हैं– "देखो कितने निर्दयी हैं बाप बेटे! एक बेजुबान जानवर के ऊपर थोड़ा भी रहम नहीं। दोनों एक साथ बैठ गए हैं।" उनकी बात सुनकर पिता उतर जाता है। पुत्र बैठा रहता है। पिता घोड़े का लगाम पकड़कर चलता रहता है। आगे और एक गांव आता है वहां कुछ लोग रास्ते में खड़े रहते हैं। इनको देखकर वह आपस में बात करने लगते हैं– "घोर कलयुग आ गया! वृद्ध पिता बेचारा चल रहा है और जवान बेटा घोड़े पर आराम से बैठा है। लाज शर्म कुछ है ही नहीं।" उनकी बात सुन बेटा उतर जाता है और पिता को घोड़े पर बैठने की जिद करने लगता है। पिता घोड़े पर बैठ जाते हैं और पुत्र लगाम पकड़कर चलने लगता है। थोड़ा आगे जाने के बाद कुछ लोग फिर मिलते हैं। वे लोग भी उनको देखकर अपनी राय रखने में पीछे नहीं हटते। कहने लगते हैं–

"धन्य है यह पिता! बच्चे को पैदल चला रहा है, खुद नवाब जैसे घोड़े पर बैठा है। लगता है संसार में प्रेम और करुणा नाम की चीज ही नहीं रही।"

क्या करने से लोग खुश होंगे पिता पुत्र सोचते रहते हैं। असहाय होकर अंत में दोनों लगाम पकड़कर चलने लगते हैं। कोई भी घोड़े के ऊपर नहीं बैठता है। इतने में भी लोगों को चैन कहां? आगे के गांव में कुछ लोग उनको देखते ही कहने लगते हैं– "देखो इन मूर्खों को एक चुस्त घोड़ा के रहते पदयात्रा कर रहे हैं। भगवान ने इनको बुद्धि नाम की चीज दी ही नहीं है।" पिता पुत्र एक दूसरे को आश्चर्य से देखने लगते हैं क्योंकि और कुछ नया प्रयोग करने को बचा ही नहीं था।

लोगों के अनावश्यक टिप्पणी को अनसुना कर निर्धारित पथ पर बढ़ते रहने से लक्ष्य पर जरुर पहुंचेंगे इसमें संदेह नहीं है।

|| 12 ||

मतभेद ओर मनभेद

हम समाज में रहते हैं। यहां व्यक्तियों में मतभेद होना स्वाभाविक है। एक ही बात पर सबकी सहमति हो यह संभव नहीं है। यदि ऐसा होता तो विकास का राह अवरुद्ध हो जाता। एकछत्रवाद को प्रश्रय मिलता। वैचारिक मतभेद रहना स्वस्थ समाज का लक्षण है। पर जब यह मतभेद, मनभेद में बदल जाता है या व्यक्तिगत शत्रुता उत्पन्न हो जाती है, वह हानिकारक होता है। अन्यथा यह मतभेद तो समाज के आभूषण हैं।

भारत के प्रथम प्रधानमंत्री पंडित जवाहरलाल नेहरु और समाजवादी नेता राममनोहर लोहिया व्यक्तिगत जीवन में अंतरंग मित्र थे। पर दोनों के बीच में वैचारिक मतभेद तीव्र था। सिद्धांत के विषय पर एक उत्तरमेरु तो दूसरा दक्षिणमेरु थे। एक बार संसद को घेरने की खबर पाकर राम मनोहर लोहिया को गिरफ्तार किया गया और तिहाड़ जेल भेज दिया गया। कोर्ट की लंबी छुट्टियों के चलते वह जेल से बाहर नहीं आ सके। गर्मी का महीना था। दोपहर को भोजन करते समय प्रधानमंत्री जी को दशहरी आम परोसा गया। आम देखते ही नेहरु जी को ख्याल आया डॉक्टर लोहिया जी को यह आम बहुत पसंद हैं। उन्होंने उसी समय एक टोकरी आम तिहाड़ जेल भेजा और लोहिया जी को देकर आने का निर्देश दिया। कुछ समय पश्चात वह कर्मचारी उदास चेहरा लेकर वापस आ जाता है। उसके हाथ में आम की टोकरी देख

कर नेहरु पूछते हैं – "क्या हुआ?" कर्मचारी कहता है – "डॉक्टर साहब ने नहीं रखा वापस कर दिया।" नेहरु ने कारण पूछने पर वह बताता है कि उन्होंने पूछा था आम किसने भेजा है? जब मैनें कहा माननीय प्रधानमंत्री जी ने तो वह बहुत क्रोधित होकर बोले – "नहीं चाहिए तुम्हारे प्रधानमंत्री का आम। चले जाओ यहां से।"

यह सुनकर नेहरु हंसने लगते हैं। वह फिर से कर्मचारी को कहते हैं – "एक दूसरी टोकरी लेकर फिर जाओ, पूछने पर बोलना आपके मित्र पंडित नेहरु ने आपके लिए भेजा है।" ऐसा ही होता है। डॉक्टर लोहिया ने खुशी से आम का स्वाद भी चख लिया। प्रधानमंत्री के पद से डॉक्टर लोहिया का मतभेद था। उनकी वह कड़ी समालोचना करते थे और आगे भी करते रहेंगे। लेकिन पंडित नेहरु उनके अभिन्न मित्र हैं यह बात डॉक्टर लोहिया कभी भूलने की भूल नहीं कर सकते थे।

।। 13 ।।

अप्रिय सत्य

कठोर सत्य को नग्नता के साथ प्रस्तुत करने से वह कटु लगता है। मन को आहत भी करता है। समय समय पर ऐसे प्रसंग पर चतुराई और दक्षता से उसे मनोहारी करने की कला आती हो तो सफलता मिलती है। असत्य स्पृहणीय नहीं है पर कटु सत्य भी बर्दाश्त नहीं हो पाता। मलेरिया बुखार के लिए क्लोरोक्वीन की दवाई दी जाती है। यह दवाई बहुत कड़वी होती है। अगर इसको सीधा सेवन किया जाए तो रोगी को अवश्य बमन हो जायेगा। पर इस दवाई को शुगर कोटेड करने से यह सेवन योग्य बन जाता है।

पंजाब के राजा रणजीत सिंह का एक आंख खराब हो जाता है। एक आंख से ही उनका काम चलता रहता है। एक बार राजसभा में वे घोषणा करते हैं जो उनका सबसे सुंदर चित्र बना पाएगा उसे वह पुरस्कृत करेंगे। उस समय कैमरे का प्रचलन नहीं था। एक चित्रकार उनका एक सुंदर चित्र बनाकर राजसभा पहुंचता है। महाराज कहते है– अति सुंदर चित्र है। पर इसमें मेरी दोनों आंखें दिखाई गयी है और यह सत्य नहीं है। मिथ्या चित्र को ग्रहण नहीं कर सकता। कुछ दिनों के बाद एक दूसरा कलाकार और एक सुंदर चित्र अंकन कर पहुंचता है। राजा उस चित्र को भी प्रत्याख्यान कर देते हैं। वह कहते हैं– तुम्हारे चित्र में मुझे एकाक्ष दिखाया गया है। ऐसे कटु सत्य मुझे स्वीकार्य नही हैं। तुम्हारे पास व्यवहारिक ज्ञान ही नही है। उसके कुछ दिन बाद एक

तीसरा चित्रकार अपनी कृति लेकर उपस्थित होता है। उसके चित्र में महाराज हाथ में धनुष लिए तीर निक्षेप करने की अवस्था को चित्रित किया गया था। अपने लक्ष्य को भेदने के लिए महाराज ने एक आंख बंद कर रखा है ऐसे दिखाया गया था। चित्र अत्यंत जीवंत और प्रभावशाली लग रहा था। महाराज चित्र को देख अत्यंत प्रसन्न होते हैं और उस चित्रकार को ढेरों पुरस्कार देकर सम्मानित करते हैं।

वास्तविक मिथ्या जितना त्याज्य है अप्रिय सत्य भी उतना ही अग्रहणीय है। सत्य की सुंदर अभिव्यक्ति आमोद प्रदान करती है।

।। 14 ।।

सटीक जवाब

भारत के रग–रग में देशप्रेम भरा हुआ है। ये सच है कि प्रत्येक भारतीय देश के लिए जान तो नहीं दे सकता, एक लाख लोगों में अगर एक बलिदानी भी मिलता है तो हमारे देश को महान गिना जायेगा। जीवन का बलिदान न भी कर पायें, पर हर नागरिक को अपने भारतीय होने के गौरव को विस्मृत न कर देश का अपमान हो ऐसे कार्य से बचना चाहिए। देश का अपमान हो रहा हो तो उसका दृढ प्रतिवाद भी करना चाहिए।

एकबार एक विदेशी भारत के बाजार में घूम रहा था। फलों के दुकान में एक फल के तरफ इशारा करके पूछता है– "ये क्या हैं?" फलविक्रेता कहता है– "यह संतरा है।" इस पर विदेशी कहता है – "तुम्हारे भारत में इतना छोटा छोटा संतरा मिलता है। हमारे देश में तो (दोनों हाथ फैला कर) इतना बड़ा संतरा मिलता है।" यह सुनकर फल विक्रेता का मन उदास हो जाता है। फिर वह विदेशी दूसरे फल की तरफ इशारा करके पूछता है– "यह कौन सा फल है?" भारतीय फल विक्रेता धीरे धीरे कहता है – "यह केला है।" वह विदेशी अपनी बात फिर दोहराता है। ऐसा करके भारतीय फलों को अपने देश के फलों के सामने निम्नस्तर का प्रमाणित करना चाहता है। इससे भारतीय फल विक्रेता सावधान हो जाता है। मन मन में सोचता है कि अब की बार इस फिरंगी को सबक सिखाना ही पड़ेगा। पास में ही तरबूज का ढेर रखा हुआ था। विदेशी ने वह देखा और पूछा– "यह क्या है।" तब उस भारतीय फल विक्रेता ने बड़े ही चतुराई से कहा– "यह अंगूर है।" यह सुनते ही फिरंगी के चेहरे का रंग उड़ गया। तब फल विक्रेता पूछता है – अब कहिए बंधु, आपके देश में इससे भी बड़ा अंगूर मिलता है क्या ? वह फिरंगी शर्मिंदा होकर कहता है– "नहीं नहीं तुम्हारे देश के अंगूर तो हमारे देश के अंगूर से बहुत बड़े हैं।"

विदेशी को उचित शिक्षा देकर भारतीय फल विक्रेता को आत्मतोष होता है। अगर हमारे भीतर देशप्रेम की थोड़ी भी चिंगारी जल रही है तो हम देश के अपमान का ऐसे प्रतिवाद करने में सक्षम हो पाएंगे।

।। 15 ।।

अणुव्रत

छोटे छोटे संकल्पों से भी मानव जीवन में विराट परिवर्तन घटित होता है। सहज में विश्वास न होने पर भी यह बात सत्य है। यह व्रत या संकल्प आकार से अणु होने पर भी प्रभाव से अणुबम से कम नहीं होते हैं। सत्य यह है अणुबम समाज को विनाश की ओर ले जाता है तो अणुव्रत मनुष्य तथा समाज को विनाश से बचाता है। अणुव्रत सीधे राष्ट्र या समाज को सुधारने की अपेक्षा व्यक्ति को सुधारने में विश्वास करता है। यह छोटे छोटे व्रत उद्दंड जीवन के सामने मर्यादा की रेखा खींच उसे सँवारते हैं।

1944 की बात है। द्वितीय विश्वयुद्ध चल रहा था। ब्रिटिश सरकार बहु मात्रा में सोना और गोलाबारुद भारत में रखने के लिए एक जहाज में भेजते हैं। जर्मन और जापान की शत्रु सेना से सतर्क रहने के लिए जहाज के कैप्टन अलेक्जांडर जेम्स नाइस को कड़े निर्देश दिये जाते हैं। यात्रापथ में कैप्टेन ने शत्रु पक्ष के चार हवाई जहाज को उड़ते हुए देखा। परंतु अपने रण चातुर्य से उन हवाई जहाजों से अपने जहाज को बचा लिया। हवाई जहाज वापस लौट गए। जहाज मुंबई के बंदरगाह पर पहुंचने ही वाला था। लेकिन उसी समय एक भयंकर हादसा हो जाता है। एक सुरक्षाकर्मी की अधजली बीड़ी से पूरा जाहाज जल कर राख हो जाता है। जहाज कर्मी जहाज को बचाने के लिए बहुत चेष्टा करते हैं। पर सब बिफल होता है। 100 से अधिक लोगों के जीवन के साथ करोड़ों के सोना और गोलाबारुद नष्ट हो जाते हैं। छोटी सी गलती का ऐसा भयानक परिणाम आ सकता है तो छोटे छोटे व्रतों की शक्ति पर भला कौन अविश्वास करेगा?

प्रतिदिन लिये गये संकल्प से मनुष्य व्यसनों से दूर रहने के साथ अपने व्यक्तित्व को भी संवार सकता है। दूसरों के अहित चिंतन से दूर रहने से मनुष्य का जीवन पवित्र बन जाता है।

।। 16 ।।

हस्तावलंबन

साहित्य समाज का दर्पण– यह बात सब स्वीकार करते हैं। पर साहित्य समाज का अवलंबन है, यह शायद सब ने विस्मृत कर दिया है। संस्कृति, अर्थनीति, राजनीति जब विपथगामी होती हैं, तब साहित्य उनका मार्गदर्शन कर आगे बढ़ने को आलंबन देता है।

एक विराट साहित्य समारोह के प्रारंभ का प्रसंग। विभिन्न भाषाओं के लेखक, साहित्यकार, विचारक और प्रबुद्ध जनों के बीच गंभीर विमर्श चल रहा था। कार्यक्रम की अध्यक्षता राष्ट्रकवि रामधारी सिंह दिनकर कर रहे होते हैं। सहसा परिषद में तत्कालीन प्रधानमंत्री पंडित नेहरु का आगमन होता है। प्रधानमंत्री को मंच के ऊपर ले जाने के लिए अध्यक्ष महोदय नीचे दौड़ते हैं एवं उनको ससम्मान मंच के उपर लाने का प्रयत्न करते हैं।

मंच में चढ़ते समय अचानक नेहरु जी का संतुलन बिगड़ जाता है और वह गिरने को हो जाते हैं। रामधारी सिंह दिनकर ने अविलंब अपना हाथ का आलंबन देकर नेहरु जी को संभाल लिया और सम्मान के साथ मंच पर बिठाया। अपने भाषण में यह प्रसंग को बताते हुए नेहरु जी कहते है – ''आज दिनकरजी ने मुझे संभाल लिया, नहीं तो मैं निश्चित गिर जाता।'' यह सुनते ही राष्ट्रकवि कह उठते हैं– ''पंडित जी यह कोई नई बात नहीं है। जब जब राजनीति दुर्बल होती है, साहित्य उसे सहारा देता है। आप निश्चिंत रहिये। साहित्य अपना कर्तव्य कभी नहीं भूलेगा।'' यह सुन प्रधानमंत्री जी प्रसन्न हो जाते हैं और उनकी बातों में सहमति प्रदान करते हैं।

।। 17 ।।

आइए मूर्ख !

प्रतिदिन व्यवहार में हास्य या तिरस्कार के रुप में हम मूर्ख शब्द का बहुत प्रयोग करते हैं। इस शब्द का एक सुंदर विश्लेषण हमें प्राचीन साहित्य से मिलता है।

राजा भोज की महारानी और प्रधानमंत्री किसी विषय पर गंभीर मंत्रणा कर रहे थे। उनको आलोचनारत देख सहसा राजा भोज वहां प्रवेश करते हैं और उनकी आलोचना में हस्तक्षेप करने लगते हैं। रानी यह सब देख कर कहती हैं – "आइए मूर्ख।"राजा को यह बात बहुत आहत करती है। रात्रि में उनकी निद्रा भी इससे बाधित हो जाती है। एक प्रकार से मस्तिष्क विभ्रम की स्थिति उत्पन्न हो गयी है। दूसरे दिन राजा सिंहासन में विराजमान होते हैं। परिषद सामने व्यवस्थित है। उसके बाद जो भी राज्यसभा में प्रवेश करता है राजा उसको "आइए मूर्ख" कहकर संबोधित करने लगते हैं। राजा के इस असामान्य व्यवहार को कोई समझ नहीं पा रहा था। पर प्रतिवाद करने का साहस कोई नहीं कर पा रहा था। सहसा कालिदास सभास्थल पर आते हैं। उनको भी राजा मूर्ख कहकर स्वागत करते हैं। यह सूनकर कालिदास इसका शास्त्रीय प्रतिवाद करते हैं।

"खादन्नगच्छामि हसन्नजल्पे गतं न शोचामी कृतं न मन्ये,
द्वाभ्यां तृतीयो न भवामि राजन् किं कारणं भोज भवामि मूर्खः।"

"मैं खाते खाते चल नहीं रहा हूं, बात करते समय हंसता नहीं हूं, बीते हुए बात को याद कर दुःखी नही हो रहा हूं, किए हुए कार्य के

लिए अभिमान नहीं कर रहा हूं और दो लोगों के बीच में तीसरा आदमी बनकर हस्तक्षेप नहीं कर रहा हूं तथा उनकी बात सुनने की भी कोशिश नहीं कर रहा हूं। इसीलिए हे भोजराज! मैं कैसे मूर्ख हुआ?''

महाकवि के इस विश्लेषण से राजा को बोध प्राप्त होता है। उनका चित्त समाधिस्थ बनता है। वह समझ जाते हैं कि विदुषी रानी ने उनके लिए जो मूर्ख शब्द का संबोधन किया था वह कितना यथार्थ था। किंतु वह स्वयं केवल प्रतिक्रियावश लोगों के प्रति यह असभ्य शब्द का प्रयोग किए हैं। राजा अपनी गलती को समझकर खड़े हो जाते हैं और अपने व्यवहार के लिए सबसे क्षमा प्रार्थना करते हैं।

।। 18 ।।

वाणी संयम

वाक् गुप्ति और वाक् समिति यह दोनों शब्द भारतीय बांग्मय में बहुत प्रयोग हुए हैं। वाक् गुप्ति अर्थात वाणी का पूर्ण विराम अथवा मौन एवं वाक् समिति अर्थात सत्य, शुद्ध, शीतल और स्वल्प वाणी का प्रयोग। वाक् गुप्ति करके थक जाने से वाक् समिति का प्रयोग करना चाहिए। अंग्रेजी में कहा गया है Speech is silver but silence is gold। वाणी संयम के द्वारा हमें सुखी और शांत जीवन प्राप्त होता है।

एकबार श्री अरविंद के पास एक महिला आती है और आर्त्त स्वर में कहती है – "महर्षि! मैं बहुत दुखी, अशांत और संतप्त हूं। कृपया मेरे दुःख दूर कीजिए।" महर्षि बड़े शांत भाव से महिला की मनोव्यथा को सुनते हैं और उसके दैनिक जीवन चर्या के बारे में पूछते हैं। महिला कहती है – "महात्मा! मैं ब्रह्म मुहूर्त में उठती हूं। नित्यकर्म से निवृत्त होकर मैं पूजा पाठ करती हूं। रामायण भागवत आदि का स्वाध्याय करती हूं।" महर्षि उस महिला से फिर पूछते हैं – और क्या करती हो? उत्साहित होकर महिला कहने लगती हैं– "स्वामी जी! मैं प्रत्येक रविवार को सूर्य भगवान का व्रत रखती हूं, सोमवार को महादेव का, मंगलवार को हनुमान का, बुधवार को गणेश जी का, गुरुवार को महालक्ष्मी का, शुक्रवार को संतोषी माता का, एवं शनिवार को शनिचर देव का व्रत पालन करती हूं। लेकिन फिर भी मुझे शांति नहीं है। कृपया आप मार्ग दिखाकर मेरा दुःख दूर कीजिए।"

यह सब सुनकर महर्षि अरविंद उदात्त स्वर में कहते हैं – "बहन! यह सब व्रत पालन करना तो अच्छी बात है। लेकिन मेरा एक परामर्श आप आज से मानकर उसे एक और व्रत के रुप में अपने जीवनचर्या में जोड़ दो। वह है मौनव्रत। वाणीसंयम की साधना द्वारा तुम्हारे समस्त दुःख और अशांति का अंत हो जाएगा।"

प्रयोग करके देखने में क्या हर्ज है?

।। 19 ।।

अविश्वास और अकृतज्ञता

ठगने वाला ठग लेकिन ठगाई का शिकार होने वाला ठाकुर। हर युग में खल प्रकृति के लोग सज्जनों को प्रताड़ित करते आ रहे हैं। लेकिन सज्जन पुरुष अपने सद् गुणों के द्वारा उनके सामने नूतन आदर्श प्रस्तुत करते हैं। ऐसा ही एक घटना प्रसंग।

गांव के बाहर एक संत का आश्रम था। दया, परोपकार और सात्विकता आदि गुणों के कारण उस अंचल के लोग उनकी भक्ति करते थे। उनके पास एक सुंदर प्रशिक्षित घोड़ा था। उस अंचल का एक कुख्यात डाकू उस घोडे को हड़पना चाहता था। वह आश्रम आकर संत को घोड़ा देने के लिए कहता है। घोड़े के प्रति तीव्र अनुराग होने के कारण वह डाकू को स्पष्ट मना कर देते हैं। डाकू निराश होकर वापस चला जाता है। एक दिन संत घोड़ा में चढ़कर बाजार से कुछ जरुरी सामान लाने के लिए जाते हैं। देखते हैं रास्ते में एक बीमार आदमी कंबल ओढ़ कर सोया है। बुखार में वह आदमी थरथर कांप रहा है और सहायता के लिए भीख मांग रहा है। कोई भी उसके प्रति दृष्टि नहीं दे रहा है। रोगी की दशा देखकर संत का हृदय पिघल जाता है। वे रोगी के पास जाते हैं और उसको घोड़ा में बिठाकर अपने आश्रम की और वापस लौटने को प्रस्तुत होते हैं। लेकिन घोड़ा में चढ़ते ही वह रोगी अपने कंबल को फेंक देता है और कहने लगता है – मैं वही डाकू हुं। इस घोड़ा को आपसे लेने के लिए मैं यह अभिनय कर रहा था, अभी आपको जो करना है करिए। मैं तो यह घोड़ा लेकर चला।

संत उसे कहते हैं – “बेटा! तुमने जो किया यह बात किसी

ओर के सामने प्रकट नहीं करना।" यह बात सुनकर डाकू आश्चर्य से कहता है – "जो बात मुझे आप से कहनी चाहिए थी, आप क्यों कह रहे हैं?" संत एक मार्मिक उत्तर देते हैं– "बेटा! अगर इस बात का प्रचार होता है तो सहायता की अपेक्षा करने वाले व्यक्ति या रोगी को कोई भी सहायता देने के लिए आगे नहीं आएगा। इससे पीड़ित मानव और असहाय हो जाएगें। अविश्वास और अकृतज्ञता बढ़ता जाएगा। अभी तुम घोड़े को लेकर खुशी से जा सकते हो। मुझे तुमसे और कुछ नहीं कहना है। न कुछ करना है।"

डाकू घोड़ा लेकर चल पड़ता है। दुर्दांत डाकू की चेतना संत की मीठीवाणी से जग जाती है। प्रातः संत उठते हैं तो अपने प्रिय घोड़े को अस्तबल में हिनाहिनाते पाते हैं। संत की करुणा ने एक खुंखार डकैत का हृदय परिवर्तन कर दिया। एक रात में उसने प्रायश्चित कर मानवता को जीवित बनाये रखा।

।। 20 ।।

मनोवैज्ञानिक प्रयोग

संयुक्त राज्य अमेरिका के एक महान् वनस्पति वैज्ञानिक ने एक आश्चर्यजनक प्रयोग कर के सफलता अर्जित किया है। कैक्टस् नाम के एक कांटेदार पौधे के साथ अपना आत्मिक चैतन्य और प्रेम को एकीभूत कर के असंभव को भी संभव कर के दिखाया है।

कैक्टस् की प्रत्येक शाखा-प्रशाखा कंटकित होती है। लेकिन उसके प्रति अनंत प्रेम का अमृत वर्षण कर वैज्ञानिक भावविभोर होते थे। प्रतिदिन सुबह और शाम पौधे को पानी से सींचते समय वह अनुरोध करते थे – "हे बंधु! एक कांटा रहित शाखा मैं तुम्हारे शरीर में देखना चाहता हूं।" इतना कहकर अत्यंत तन्मयता से पौधे को सहलाते थे। उनका हाथ लहुलुहान हो जाता था। दस वर्ष की निरंतर साधना एवं तादात्म्य भाव का चमत्कार देखकर समग्र विश्व चमत्कृत हो जाता है, जब कैक्टस् के पौधे में एक उल्लसित कौपल फूट पड़ता है जिसमें एक भी कांटा नहीं होता। ये मनोवैज्ञानिक प्रयोग (वनस्पति जगत का अद्भुत चमत्कार) अनेक दिनों तक विज्ञान जगत को विस्मित करके रखा था। क्योंकि उस समय पेड़-पौधों के कलम पद्धति का विकास हुआ नहीं था। इसीलिए बहुत दिनों तक एक म्युजियम में उस पेड़ को सुरक्षित रखा गया था।

चैतन्य और प्रेम का नैसर्गिक रूप यदि पेड़ को भी कांटाशून्य कर सकता है तो मानव का अंत:शल्य क्यों नहीं दूर कर सकता? जीव जगत या मानव के भीतर के कांटा को यदि निकाल सकते हैं तो शरीर ही नहीं आत्मा भी आश्वस्ति बोध करेगा। मैत्री और प्रेम के नैसर्गिक निर्झर से यह संभव हो पायेगा। प्राथमिक स्तर पर कांटा बाहर करने के लिए कांटे का प्रयोग होता है. किंतु उसके बाद स्वच्छ प्रेम और निस्वार्थ मैत्री अपना दायित्व निर्वहन करते हैं।

।। 21 ।।

समुचित दंड

महापुरुषों की जीवन शैली साधारण लोगों से अलग होती है। उनमें दूरदर्शिता रहती है। उनमें समाधान करने की मूलस्पर्शी दक्षता पाई जाती है। उनके शब्दकोश में "जैसे को तैसा" शब्द के लिए स्थान नहीं रहता। मृदुता और ऋजुता उनके जीवन व्यवहार के मुख्य आभूषण होते हैं।

छत्रपति शिवाजी के गुरु थे समर्थ रामदास। एक दिन प्रातः भ्रमण के समय वे एक गन्ने के खेत के पास पहुंचते हैं। रसीले गन्ने देख खाने के लिए दो चार गन्ने तोड़ने का प्रयत्न करते हैं। इसी बीच खेत का मालिक उन्हें देख लेता है और गुस्से में आकर उनकी पिटाई कर देता है। शिवाजी को जब यह घटना मालूम चलता है वह क्षुब्ध होकर किसान को राजसभा बुलाते हैं। इस बीच किसान सब बातों से अवगत हो चुका होता है। आसन्न मृत्यु के भय से आक्रांत बेचारा किसान हाथ जोड़कर थरथर कांपता रहता है। शिवाजी अत्यंत क्रोधित होकर कहते है – "तुमने गुरुदेव को मारने का जघन्य अपराध किया है। इसका दंड भोगने के लिए अब प्रस्तुत हो जाओ।" यह सुनकर समर्थ रामदास बीच में हस्तक्षेप कर कहने लगते हैं – "शिवा यह मेरा अपराधी है। इसलिए इसे दंड देने का अधिकार सिर्फ मेरा है। तुम्हारा नहीं।" शिवाजी ने विनम्रता से कहा – "आपकी जैसी इच्छा गुरुदेव!" समर्थ रामदास का करुणासिक्त स्वर गूंज उठता है– "इस किसान को और चार बीघा जमीन दिया जाए।" पूरा परिषद यह विचित्र दंड विधान देख कर हैरान हो जाता है। रामदास कहते है इसके पास जितनी जमीन है उससे इसका परिवार का गुजारा नहीं हो पा रहा है। इसीलिए तो दो–चार गन्ना के लिए इसने मुझे मारा। और चार बीघा जमीन मिलने से उसके परिवार का भरण पोषण ठीक से हो पाएगा।

किसान की आंखें छलछला गई और वह गुरु जी के चरणों में गिरपड़ा।

|| 22 ||

आवेग विदेह जनक का

अपने आराध्य के चरणों में सब कुछ अर्पण कर भक्त सदैव कृतकृत्य हो जाता है। श्रद्धा के अतिरेक में वह सबकुछ भूल जाता है। जब सचेतन होता है तब असहाय होता है। पर उस समय विनयशीलता और अपने आपको समर्पित कर देने पर त्राण पा जाता है।

ब्रह्मर्षि अष्टवक्र के ज्ञान और वैराग्य की पराकाष्ठा से अभिभूत होकर महर्षि जनक अपने राजसभा में घोषणा करते हैं – ''मैं मेरा राज्य आपको अर्पण करता हूं।'' ब्रह्मर्षि कहते है – ''मैं राज्य का क्या करुंगा ?'' भावना के प्रवाह में जनक कहते हैं– ''मैं मेरा तन मन और धन आपके श्री चरणों में उत्सर्ग करता हूं।'' अष्टवक्र चुप रहते हैं। ठीक उसी समय एक भिखारी भिक्षा के लिए राजसभा में आता है। महाराजा जनक अपने कर्मचारी को उसे धन देने के आदेश देते हैं। अष्टवक्र बीच में बोल उठते हैं – ''राजन! तुमने अपना सारा धन मुझे अर्पित किया है। इसीलिए राजकोष के धन के ऊपर अभी तुम्हारा कोई अधिकार नहीं है। मेरी अनुमति के बिना तुम कुछ नहीं दे सकते।'' राजा जनक कहते हैं – ''ठीक है मुनिवर! मैं अपने श्रम से कुछ उपार्जन कर भिखारी की सहायता करूंगा।'' ब्रह्मर्षि कहते हैं– ''राजन! तुमने अपना संपूर्ण तनु रत्न मुझे समर्पित किया है। तुम्हारे शरीर के ऊपर भी मेरा ही अधिकार है। इस शरीर के श्रम से तुम जो भी उपार्जन करोगे उस पर भी मेरा ही अधिकार रहेगा। उसमें से एक पैसा भी तुम भिखारी को नहीं दे पाओगे।''

यह सुनकर महर्षि जनक असहाय हो जाते हैं। उनके चेहरे पर क्रोध की रेखा देखकर अष्टवक्र कहते हैं – "तुम तो क्रोध करने का अधिकार भी खो चुके हो। क्योंकि तुमने अपना मन भी मुझे अर्पित किया है। मेरी आज्ञा के बिना ना तुम क्रोध कर सकते हो ना दु:खी हो सकते हो।" विदेहजनक संपूर्ण रुप से असहाय होकर महर्षि के चरणों में गिर जाते हैं और उनकी रक्षा करने का निवेदन करते हैं। अष्टवक्र हंसते हुए उन्हें उठाते हैं और आलिंगन कर वचन मुक्त करते हैं।

भविष्य में अपने भावनाओं को नियंत्रण में रखकर कार्य करने का निर्देश भी देते हैं।

|| 23 ||

राग और द्वेष

भारतीय संस्कृति में वीतराग शब्द का विशद् प्रयोग देखने को मिलता है। महापुरुषों ने सर्वदा राग और द्वेष पर विजय पाने की प्रेरणा दी है। राग या अनुराग को जीतने वाले व्यक्ति को वीतराग कहा जाता है। पर वीतद्वेष शब्द का प्रयोग कहीं देखने को नहीं मिलता। मन में जिज्ञासा उठती है द्वेष को जीतने की आवश्यकता महावीर और बुद्ध को क्यों नहीं हुई? इसका सुंदर समाधान भारतीय मनीषियों ने दिया है। वीतराग बनने के लिए व्यक्ति विशेष को राग और द्वेष दोनों से ऊपर उठना है। लेकिन द्वेष की तुलना में राग को जीतना कठिन है। मोहकर्म की अधिकता राग को असीम कर देती है। दूसरों के अधिकारों का अतिक्रमण करके भी प्रिया-प्रीति-तुष्टि के लिए मानव लालायित रहता है। वहीं दूसरों के प्रति द्वेष भाव को जीतना थोड़ा सरल है। इसीलिए महापुरुषों ने वीतराग होने को ज्यादा गुरुत्व दिया है।

भंवरा अपने डंक से लकड़ी को भी छेद कर बाहर आ जाता है। पर वही भंवरा कमल के परागकोष में जाकर उसके राग में मोहग्रस्त हो जाता है। सूर्यास्त के समय जब कुसुम मुदितावस्था को आती है भंवरा सूर्योदय की प्रतीक्षा कर पराग कोष में ही रात बिताना पसंद करता है। दुर्भाग्य से एक मदमत्त हाथी पानी में प्रवेश कर समग्र पद्मगुल्म को उदरस्थ कर लेता है। भंवरे को अकाल मृत्यु प्राप्त होती है। कठोर काष्ठ में छिद्र कर सकने वाला जीव कमल के प्रणय को परास्त करने में असमर्थ हो जाता है। वीतद्वेष की अपेक्षा वीतराग होने पर गुरुत्व देने वाली हमारी संस्कृति की दृष्टिपथ की यथार्थता इस उदाहरण से स्पष्ट प्रमाणित होती है।

।। 24 ।।

स्वर्ग और नर्क

हम स्वर्ग और नर्क की बात हमेशा करते हैं। स्वर्ग के प्रलोभन एवं नर्क के भय से प्रत्येक मनुष्य ग्रस्त है। लेकिन यथार्थ में हमको एक ही दिन में अनेको बार स्वर्ग और नरक का सम्मुखीन होना पड़ता है। हमारी दृष्टि ग्रहणशील है तो हम उस तरंग को प्रत्यक्ष अनुभव कर पाते हैं। अन्यथा वह मुहूर्त चला जाता है और हम उसे निरर्थक समझने लगते हैं।

जापान में "झेन" संप्रदाय के एक धर्मगुरु थे। वे प्रकांड विद्वान थे। उनका जीवन आदर्श और अनुकरणीय था तथा चिंतन सर्वजनहिताय था। एक बार देश के सेनापति उनके पास आकर नमन करते हुए स्वर्ग और नर्क के पहचान कराने को निवेदन करते हैं। उस धर्मगुरु ने आगंतुक से उनका परिचय पूछा। आगंतुक ने जब अपना परिचय सेनापति के रुप में दिया उन्होंने उनके प्रति कठोर शब्दों का प्रयोग किया – "तुम एक कापुरुष हो, क्लीव हो! तुम्हारे पास शक्ति और सामर्थ्य कुछ भी नहीं है। क्या देख कर तुमको राजा ने सेनापति के रूप में नियुक्त किया! मुझे तो आश्चर्य होता है?" इतना सुनते ही क्रोध से सेनापति की आंखें लाल हो जाती है। तलवार उठा कर संत को मारने को बढ़ते हैं कि संत कहते हैं– "यह है नर्क का प्रत्यक्ष रूप। अनुभव कर पाए तो!" उसी क्षण सेनापति को अपनी गलती का एहसास हो जाता है। वह विनम्रता से सिर झुकाकर बारंबार क्षमा याचना करने लगते हैं। यह देखकर संत कहते हैं– "अभी जो तुम रूप दिखा रहे हो यही है स्वर्गीय रूप! यह तुम्हारे ऊपर निर्भर है कि तुम यह रूप को कितना स्थायी रख पाते हो और स्वर्गीय सुख का आस्वादन कर पाते हो।"

स्वर्ग और नर्क का प्रत्यक्ष अनुभव कर सेनापति संतुष्टमना घर वापस चले जाते हैं।

।। 25 ।।

गांधीजी को भिक्षा

कुछ समय पहले गांधी जी के प्रपौत्र ने गांधी जी की जीवनी लिखते समय विश्वकवि टैगोर की भतीजी के साथ बापू के अंतरंग संबंध होने की बात प्रकट की थी। यह कोई रहस्य उद्घाटन करके अनन्यज्ञाता होने का गर्व था या महापुरुषों के चरित्र को रससिक्त कर पुस्तक की प्रचार का उद्देश्य –समझ में नहीं आता। गांधीजी के चरित्र संहार उनका उद्देश्य नहीं रहा होगा – क्या यह विश्वास हम कर सकते हैं? बापू और विश्वकवि के जीवन का एक मजेदार प्रसंग –

एकबार गांधीजी शांतिनिकेतन पहुंचकर रवीन्द्रनाथ को कहते हैं – "गुरुदेव मुझे कुछ भिक्षा दीजिए।" गुरुदेव कहते हैं – जो स्वयं भीखारी है वह दूसरों को क्या दे सकता है? गांधीजी भी छोड़ने वाले व्यक्ति नहीं थे। वह रवीन्द्रनाथ टैगोर से वचन ले लेते हैं और कहते हैं – "दोपहर भोजन के बाद आप एक घंटा संपूर्ण विश्राम करेंगे।"

विश्वकवि शर्त के अनुसार गांधीजी की बात मानने को मजबूर हो जाते हैं। कुछ दिनों बाद आचार्य क्षितिमोहन सेन दोपहर भोजन के उपरांत गुरुदेव से साक्षात्कार करने आते हैं। महाकवि सभी खिड़की दरवाजा बंद कर अपने कमरे में विश्राम करते रहते हैं। खिड़की से अतिथि को देखकर गुरुदेव कहते हैं – "दादा आए हैं क्या?" वह आचार्य सेन को दादा संबोधन करते थे। "हां! पर आप अंदर क्या कर रहे हैं?" आचार्य सेन आश्चर्य हो कर पूछते हैं। गुरुदेव सहज और सरल भाषा में कहते हैं– "गांधीजी को भिक्षा दे रहा हूं।" महापुरुषों के जीवन का ऐसा रस बहुतों को आमोदित करता है। परंतु लेखनी के गति को चरित्र हनन के विपरीताभिमुखी करना हमारा परम कर्तव्य होना चाहिए।

|| 26 ||

अंतःचक्षु

किसी भी बीमारी के बाह्य उपचार के नए आयाम प्रतिदिन स्थापित हो रहे हैं। पर उसके आंतरिक कारण और उसके निराकरण की दिशा में बिल्कुल ध्यान दिया नहीं जा रहा है। उससे तात्कालिक समस्या का समाधान तो हो रहा है पर उसके साथ नये नये समस्याओं की सृष्टि हो रही है। ईशा मसीह ने एक अंधे युवक पर करुणा दिखाकर उसे चक्षु प्रदान किया। दूसरों के दुख से महापुरुषों का हृदय द्रवित होना स्वाभाविक है। दो-तीन वर्ष बाद ईशा ने रास्ते में एक नकारात्मक दृश्य देखा। जिस युवक को वह चक्षुष्मान किये थे वह भोग विलास में लिप्त होकर एक वेश्या के पीछे भाग रहा है। उनको बहुत दुःख हुआ। वह कहने लगे – "बेटा क्या इस कार्य के लिए मैंने तुम्हें चक्षु प्रदान किया था? मेरी करुणा का कितना सुंदर प्रतिदान दिया है तुमने!"

यह सुनकर उस युवक ने बड़ा ही मार्मिक उत्तर दिया- "हे महात्मा! आपने मुझे बाह्य चक्षु प्रदान किया जिससे मेरा चर्म चक्षु उन्मीलित हुआ। पर मेरी आंतरिक दृष्टि पहले जैसी आदिम अवस्था में रह गई। मैं क्या करूं? यदि मेरा हृदय ही अमावास्या की घोर अंधकार में रमण कर रहा है तो पूर्णिमा का चांद भी मेरी क्या सहायता कर सकता है। मेरा अंतः तमस् तो यथावत् है। वहां आपने कहां प्रकाश किया? अब जरा शांत चित्त से सोचिए, दोष मेरा है या आपका?"

ईशा समझ गये। उनका दृष्टिकोण भी बदल गया। उस व्यक्ति को बाहरी और आभ्यंतर दोनों दृष्टि प्रदान किया। भविष्य के लिए वह और भी सतर्क हो गए।

।। 27 ।।

अवमूल्यायन की पीड़ा

व्यक्ति अथवा वस्तु का यथार्थ मूल्यांकन होना चाहिए। त्रुटियुक्त मूल्यांकन अत्यंत पीड़ादायक होता है। इससे समाज अपनी अंतर्निहित शक्ति या प्रतिभा का उचित दोहन करने में असमर्थ होता है और उपकृत भी नहीं हो पाता। दोषयुक्त मूल्यांकन व्यक्ति के मर्म को आहत करता है।

एक बार एक राजा राजप्रासाद से राजदरबार जाते समय उनके गले में शोभित बहुमूल्य हार का एक हीरा नीचे गिर जाता है। राजा को पता नहीं चलता, लेकिन एक दासी यह देखती है और अत्यंत सतर्कता के साथ पांव के नीचे उस हीरे को छुपा लेती है। अवसर देख कर उसे उठाकर वह घर चली जाती है। कुछ दिनों के बाद एक जौहरी के पास जाती है और कहती है – "यह मुझे रास्ते में मिला था आप खरीदना चाहेंगे क्या?" हीरे को देख जोहरी की आंखों में चमक आ जाती है। पर चेहरे पर कृत्रिम भाव लाते हुए कहता है – "यह कांच का टुकड़ा कहां से उठा लाई?" दासी बोली – "रास्ते में पड़ा था पांव के नीचे आ गया। सो मुझे मिल गया। आपको जो उचित लगे उतना मूल्य मुझे दे दीजिए।" जोहरी अपने नौकर को उस हीरा के बदले चार मुठ्ठी नमक देने को कहता है। दासी उसकी बातों में विश्वास कर संतुष्ट हो कर चली जाती है।

हीरे का व्यापारी उस हीरे को घर लेकर जाता है। मखमल के

कपड़े में लपेटकर हीरे को सोने के डिब्बे में डाल अपनी तिजोरी में रख लेता है। दूसरे दिन वो जोहरी स्नान पूजा पाठ संपन्न कर प्रसन्न चित्त से तिजोरी खोल कर डिब्बा निकालता है। आश्चर्य! हीरे के दो टुकड़े हो गये हैं। उसकी आंखें भर आती है। हीरे को संबोधित कर कहने लगता है – यह क्या? उस दासी ने तुम्हें पांव से रौंद दिया था तुम प्रसन्न थे, मैंने तुम्हें मखमल के कपड़े में लपेट कर सोने की डिबिया में भर तिजोरी में रखा। मेरे से क्या अपराध हुआ जो तुम खंड–विखंडित हो अश्रुपात कर रहे हो?

हीरे ने मर्मस्पर्शी उत्तर दिया – "दासी ने मुझे पांव से रौंदा पर मैंने अपने आप को अपमानित महसूस नहीं किया। क्योंकि वह मेरे मूल्य से परिचित नहीं थी। पर तुम तो पारखी थे, अभिज्ञ थे और मेरा असली मूल्य जानते थे फिर भी मेरी कीमत चार मुठ्ठी नमक तय करने के कारण मैं अपमान ओर उपेक्षा की ग्लानि से जर्जरित हो उठा। तुम्हारे इस क्रूर व्यवहार से मेरा हृदय आहत हुआ और अब में चार मुठ्ठी नमक के मूल्य का ही रहा गया हूं।"

।। 28 ।।

तीस रुपए में अमूल्य रत्न

सामान्य लोभ के वशीभूत होकर कुछ लोग ऐसे कुकृत्य कर देते हैं जिसका मूल्य आगामी शताब्दी को ही नहीं, सहस्त्राब्दी को चुकानी पड़ती है। मामूली कुछ रुपयों के बदले मनुष्य अपनी आत्मा को बेच देता है, जिससे विश्व की अपार क्षति हो सकती है।

जुडास ईशा मसीह का अनुयायी था। परंतु अन्य यहुदियों के जैसे उसके मन में ईशा के प्रति कोई श्रद्धा या विश्वास नहीं था। मात्र तीस रुपए के लिए उसने एक ऐसा तथ्य प्रकट कर दिया जिससे ईशा को पकड़ लिया गया। जिस दिन ईशा मसीह को क्रूशबिद्ध किया जा रहा था उस दिन हजारों की भीड़ में जुडास भी मौजूद था। अंतिम समय में ईशा के मुंह से निःसृत हुआ – हे परमपिता! इन अविवेकी लोगों को क्षमा करना। इनको नहीं पता ये क्या कर रहे हैं? ये सुनते ही जुडास की आत्मा प्रकंपित होने लगी। उसने अनुभव किया उसके हाथों भयंकर अनर्थ हो गया है। उसने कौड़ी के मूल्य में अनमोल हीरा को खो दिया है। वास्तविक घटना जानकर वो शोक-संताप से जर्जर हो कर ईशा के क्रूशबिद्ध होने के चौबीस घंटे के भीतर गहरे अवसाद में उसने आत्महत्या कर लिया। मात्र तीस रुपए में संसार की अमूल्य निधि को बेच कर जुडास ने सबकुछ खो दिया था। इस गहरे अपराधबोध ने उसे आत्महत्या करने को विवश कर दिया।

।। 29 ।।

निर्दोष आदर्श

अनेक जन्मों के पुण्य संचित होने पर ही मनुष्य जन्म मिलता है। इस अमूल्य और दुर्लभ जीवन को हम विषयभोग एवं ईर्ष्या, हिंसा और प्रतिशोध परायण होकर नष्ट कर देते हैं। कुछ लोग आत्ममंगल के साथ सर्वमंगल की साधना करते हैं। उनका त्याग और तितिक्षा दूसरों के लिए अनुकरणीय होता है। परंतु समाज जहां साधारण गृहस्थ के बड़े से बड़े अपराध को भी क्षमा कर देता है, वहां एक महापुरुष की छोटी सी भूल को भी क्षमा नहीं कर पाता। भीषण प्रतिक्रिया देखने में मिलती है।

एक संन्यासी पदयात्रा करते हुए जा रहे थे। सूरज की पहली किरण से तनमन पुलकित हो रहा था। रास्ते में एक सुंदर पुष्प उद्यान दिखा, जो कंटीली तारों के बाड से घिरा हुआ था। किनारे में एक गुलाब की झाड़ से कुछ पुष्प घेरे से बाहर आकर अपना सौंदर्य और सौरभ बिखेर रहे थे। प्रसन्नमना संन्यासी ने गहरे श्वास भरकर गुलाब के सौरभ का आघ्राण किया। दूर से माली यह देख रहा था। संन्यासी का यह आचरण उससे सहन नहीं हुआ। उसने कठोर शब्दों से संन्यासी की भर्त्सना की। लज्जा अपमान से संन्यासी आगे ना जाकर वही किनारे बैठ जाते हैं। ठीक उसी समय कुछ उद्दंड युवक वहां पहुंचकर गुलाब की खुशबू लेने के साथ साथ फूलों को तोड़ लेते हैं, गमले को खींच कर फोड डालते हैं। उसके बाद भी वह युवक शांत न होकर समूचे गुलाब

के पौधे को ही उखाड़ कर फेंक देते हैं। माली सब देखते हुए भी चुप रहता है।

संन्यासी को माली का यह पक्षपात आहत करता है। मन विचलित हो जाता है। वह कहते हैं – "मैंने तो केवल सुगंध का आघ्राण लिया, तो तुमने मेरा इतना अपमान किया। लेकिन इन युवकों ने तो पूरे पौधे को ही तहस-नहस कर दिया, फिर भी तुम चुप रहे । इसे मैं क्या समझूं ?"

माली ने अत्यंत सारगर्भित उत्तर दिया – "देखिए! आप एक संन्यासी, ज्ञानी, नीतिमर्मज्ञ और धर्म के ज्ञाता हैं। श्रेय और प्रेय आप जानते हैं। मुझे विश्वास है सभी आपको आदर्श मानकर आप का अनुकरण करते हैं। आप के भले बुरे आचरण का प्रभाव समाज के ऊपर निश्चित पड़ता है। मेरे बिना अनुमति सौरभ का सेवन करना आपके लिए चौर्यवृत्ति हुआ। इन युवकों को क्या कहूं? यह तो अज्ञान और मोह ग्रस्त हैं। इनका अपराध समाज के लिए नई बात नहीं। परंतु अनुकरणीय व्यक्तित्व के सामान्यतम चूक से भी समाज की आस्था चरमरा जाएगी। इसीलिए आपके जैसे महात्माओं को बहुत सतर्क रहना चाहिए। इसी न्याय से मैंने आपको कटुवचन कहा है। अगर आपके मन को आघात पहुंचा है, तो मैं हाथ जोड़कर क्षमाप्रार्थना करता हूं।"

माली की इस गूढ़ प्रतिपादन से संन्यासी संतुष्ट हुए। भविष्य में ऐसे अकरणीय प्रवृत्ति से दूर रहने के लिए संकल्पित होकर आनंद मन से आगे चल दिए।

|| 30 ||

बर्नाड शॉ और चर्चिल

एक तो विश्व का श्रेष्ठ साहित्यकार और प्रसिद्ध नाट्यकार। दूसरा राजनीति का कुशल खिलाड़ी। व्यक्तिगत जीवन में दोनों अंतरंग मित्र। लेकिन सबके सामने एक दूसरे को मुसीबत में डाल कर आनंदित होने की पश्चिमी भौतिक लालसा से दोनों ग्रसित थे।

लंदन के एक ख्यातनामा थिएटर में बर्नार्ड शॉ का एक प्रसिद्ध नाटक मंचस्थ होने वाला था।बर्नाड शॉ उस नाटक के दो टिकट के साथ एक पत्र चर्चिल के पास भेजते हैं। उस में लिखते हैं – "प्रिय चर्चिल! मैं इस पत्र के साथ मेरे नाटक की दो टिकट भेज रहा हूं। एक टिकट तुम्हारे लिए और दूसरा तुम्हारा अगर कोई मित्र है... तो उनके लिए।'"

चर्चिल के लिए यह व्यंग असह्य था। वह प्रत्युत्तर देते हैं – "प्रिय शॉ! टिकट भेजने के लिए धन्यवाद। अभी मैं बहुत व्यस्त हूं। नाटक का प्रथम शो देखने के लिए मेरे पास समय नहीं है। अगर तुम्हारा नाटक दूसरे दिन तक पहुंचने की योग्यता हासिल कर लेता है तो कल मैं जरुर देखने आऊंगा।"

जैसे को तैसा।

।। 31 ।।

चमत्कार : पवित्रता

"चमत्कार को नमस्कार" यह शब्द बहुत लोकप्रिय है। अध्यात्म-प्रिय भारतवर्ष में तथाकथित अनेक साधुसंतों ने चमत्कार के बल पर सरल लोगों को प्रताड़ित किया है और करते आ रहे हैं। रुपया, पैसा के साथ साथ उन से सम्मान और पूजा भी छल से हासिल करके करोड़ों रुपयों का बैंक बैलैंस और विशाल आश्रमों का स्वामित्व पा रहे हैं। जीवन की पवित्रता को आज दूसरे, तीसरे क्या अंतिम पंक्ति में भी स्थान नहीं मिल रहा। चमत्कार ही मस्तक पर शोभायमान है। शुद्धाचार और विचारों का हनन हो रहा है। इससे हमारा चरित्र मलिन हो रहा है। सस्ते जादू के सामने पवित्र आचरण असहाय बन गये हैं।

एक बार संत हसन अपनी सिद्धि का चमत्कार दिखाने के लिए प्रवहमान नदी में आसन बिछाकर नमाज पढ़ने को प्रस्तुत होते हैं। वह साध्वी राबिया को भी आमंत्रित करते हैं। अहंकार से चूर हसन के गर्व को तोड़ने के लिए राबिया ने अनंत आकाश में अपना आसन बिछा लिया। राबिया ने हसन से कहा – "इधर आ जाइए! यहां पर कचरा भी नहीं है और जल की आद्रता भी नहीं है। शुद्ध वायु मंडल है। संभवत: उस नदी से ज्यादा ग्रहणीय है।"

यह देखकर संत हसन का अभिमान टूट जाता है। राबिया की सिद्धि के सामने उनकी सिद्धि बौनी लगने लगती है। हतप्रभ हसन को राबिया बड़े स्नेह से कहती हैं- "हसन! तुमने जो दिखाया वह एक मछली आराम से कर सकती है और मैंने जो किया वह एक मक्खी भी करके दिखा सकती है। चमत्कार प्रदर्शन हमारा मूल लक्ष्य नहीं है। आत्मा की निर्मलता और परम पद लाभ करना हमारे जीवन का एकमात्र उद्देश्य होना चाहिए।"

अपनी गलती का अनुभव कर हसन राबिया से क्षमा प्रार्थना करते हैं। भविष्य में अहंकार उन्हें कभी स्पर्श नहीं कर सका। यश और प्रतिष्ठा की बृद्धि के लिए चमत्कार के हेय मार्ग का परित्याग कर अपने चरित्र को उज्ज्वल बनाने पर विशेष ध्यान दिया।

।। 32 ।।

सामान्य अपव्यय

जहां सामान्यतम अपव्यय भी मनुष्य को आसमान से धरती पर गिरा देता है, वहीं सामान्यतम बचत मनुष्य के लिए अशेष संभावना का द्वार उन्मुक्त कर सकता है। बिंदु बिंदु से सिंधु बनता है। यह निर्विवाद सत्य है। अन्न के एक एक दाने के प्रति सचेतन दृष्टि दिया जा सके तो राष्ट्र से अनाहार की समस्या को दूर किया जा सकता है। निम्नोक्त प्रसंग हम सबके आंखें खोल सकता है–

संयुक्त राज्य अमेरिका के धनिकों की प्रथम श्रेणी में रॉकफेलर का नाम शीर्ष में था यह कहने में अतिशयोक्ति नहीं होगी। एक बार उन्होंने तेल कारखाने का काम प्रारंभ किया। हमेशा सतर्क और श्रमशील रॉकफेलर खुद जाकर मशीन और कारखाने के काम का सूक्ष्म अवलोकन करते थे। एक दिन वो देखते हैं तेल से भरे टीपे के ढक्कन को बंद करने के लिए 32 बूंद रांगा व्यय हो रहा है। उन्होंने तत्क्षणात् फॉरमेन से प्रश्न किया – कम से कम कितने बुंद रांगा में टीपे को बंद किया जा सकता है, इसका हिसाब है क्या ?

फॉरमेन बोला – श्रीमान! इतनी साधारण सी बात की चिंता करना मैंने आवश्यक नहीं समझा।

रॉकफेलर ने स्वयं मशीन को अपने हाथों से नियंत्रण कर जाना कि 31 बूंद रांगा खर्च कर सुंदर से ढक्कन को बंद किया जा सकता है। उन्होंने 31 बूंद रांगा उपयोग करने का निर्देश दिया।

निर्देश का पालन हुआ। साल के अंत में जब हिसाब हुआ तब पता चला कि एक बूंद रांगा की बचत से कम्पनी को नौ लाख पचास हजार डॉलर का अतिरिक्त फायदा हुआ है।

।। 33 ।।

विलंबित प्रतिक्रिया

संसार में बहुत सारे लोग अपने पुत्र पौत्रों के लिए अपार संपत्ति उत्तराधिकार के रुप में छोड़कर जाते हैं। कुछ अभागे ऐसे भी होते हैं जो उनके लिए कर्ज का भार छोड़ परलोक सिधार जाते हैं। परंतु कोई कोई ऐसे भी होते हैं जो एक ऐसा अनन्य वाक्य की सीख अपने आत्मीय स्वजन को देकर जाते हैं जो उनको महनीय बनाता है। सभी चल–अचल संपत्ति उस एक पंक्ति के मूल्य के सामने निष्प्रभ हो उठते हैं।

विश्व की श्रेष्ठ विभूतियों में से एक गुरजीएफ उस समय मात्र 9 वर्ष के थे। उनके दादा मृत्युशैया पर थे। पोते को पास बुलाकर कहते हैं– बेटा! मैं जो तुम्हें कह रहा हूं अभी तुम्हारी समझ में नहीं आएगा। क्योंकि तुम्हारी अवस्था छोटी है। पर वक्त के साथ तुम सब समझ जाओगे। जीवन को सुखशांति और समृद्धि से सराबोर करने के लिए एक छोटा सा वाक्य कह रहा हूं, हमेशा याद रखना। तुम्हें उत्तराधिकार के रुप में देने के लिए मेरे पास और कुछ नहीं है। दादा की जिस बात ने गुरजीएफ के जीवन को बदल दिया और वह विश्ववंद्य हो पाए, वह है – किसी भी समालोचना की प्रतिक्रिया उसी समय ना देकर 24 घंटे बाद देना।

यह एक वाक्य गुरजीएफ के जीवन का महामंत्र बन गया। शत्रु को प्रतिहत करने का अमोघ अस्त्र मिल गया। कोई व्यक्ति अगर

उनका अपमान करता या उन्हें गाली देता तो वह कहते – क्षमा करना भाई! मैंने अपनें दादाजी को वचन दिया है कि 24 घंटों के बाद ही आपको जवाब दूंगा। शांत चित्त से सोचने पर उनके क्रोध का ज्वार शांत हो जाता। आलोचना यदि यथार्थ होता तो दूसरे दिन उस व्यक्ति के पास जाकर क्षमा मांग लेते तथा ऐसी भूल आगे नहीं करने का संकल्प स्वीकार करते और यदि आलोचना निरर्थक होता तो बिना दिमाग लगाए उस आलोचना को डस्टबिन में फेंक देते। जवाब को आने वाले कल के लिए छोड़ देते। वह कल कभी नहीं आया और उनकी चित्त समाधि कभी खंडित नहीं हुई। इस विलंबित प्रतिक्रिया के कारण शत्रुता का भी अकाल मृत्यु हो जाता। सिर्फ मैत्री और अनुराग के लिए ही अवकाश रहता। सामने वाला इसे असाधारण समझ लेता और उनकी मित्रों की संख्या बढ़ती जाती। शत्रु शब्द उनके जीवन के शब्दकोश में रहा ही नहीं। जीवन को अमृतमय करने के लिए एक छोटा सा वाक्य, दादा का महार्घ्यदान संसार के किसी भी हीरे मोती के खजाने से कम नहीं था।

।। 34 ।।

सर्वोत्कृष्ट कार्य करने के लिए सर्वोत्तम मुहूर्त

समृद्धशाली व्यक्तियों द्वारा अपनी आवश्यकताओं को पूरा करने के बाद उपभोग को सीमित कर राष्ट्र के लिए सर्वस्व समर्पण कर देने का उदाहरण विरल नहीं है। सादा जीवन उच्च विचार के आदर्श से प्रेरित ऐसे सद्पुरुषों का चरित्र सबके लिए प्रेरणादायी होता है।

अर्थवसु महात्मा बृद्ध के उपासक थे। वे अपार संपत्ति के मालिक थे। कई लोग उनकी कृपणता की गाथा गाकर उन्हें अपमानित करने की कुचेष्टा करते हैं। उनके पुत्र और पुत्रवधू भी खाने पहनने को अच्छा नहीं मिलने का अभियोग करते रहते हैं। अल्पज्ञों की व्यंगोक्ति एवं परिजनों के रोष को धैर्य के साथ सहन करते हुए अर्थवसु अति आवश्यक स्थल पर ही खर्च करके परिवार चलाते रहते हैं। विलासिता या स्वच्छंदता के लिए उनके जीवन में कोई अवकाश नहीं था।

नालंदा विश्वविद्यालय की योजना जब मूर्तरुप लेता है, अर्थवसु ने अपनी अजस्त्र संपत्ति (इतिहास के अनुसार उस समय की एक करोड़ मुद्रा से ऊपर) उस कार्य के लिए विसर्जित कर दिया। इसकी खबर पाकर महात्मा बुद्ध ने आश्चर्य के साथ प्रश्न किया – अर्थवसु! एक पैसा देना तुम्हारे लिए मृत्यु समान समझा जाता था पर अब यह एक करोड़ रुपया सहर्ष दे दिया। इस हृदय परिवर्तन के पिछे रहस्य क्या है?

अर्थवसु ने कहा – प्रभु! मैं सर्वोत्कृष्ट कार्य के संपादन के लिए सर्वोत्तम मुहूर्त की प्रतीक्षा कर रहा था। वह महान क्षण उपस्थित होते ही मैंने बिना विलंब किए अपना सब कुछ त्याग दिया। अब मैं शांति से सांस ले सकता हूं। मेरे मन में और कोई कामना नहीं है। मुझे गहन आत्म–तोष है।

|| 35 ||

शब्द की चोट

लंबे समय तक पाप कार्य करते रहने से मनुष्य अन्तर्ग्लानि से दूर हो जाता है। उसके लिए करणीय और अकरणीय का विवेक समाप्त हो जाता है। उस समय अगर कोई उसके मर्म पर चोट करने पर सक्षम हो पाता है तो वह सन्मार्ग पर वापस आ सकता है।

सौराष्ट्र जूनागढ़ के नरेश एक बार शिकार करते हुए घने जंगल में जा पहुंचते हैं। मध्यान्ह का समय। शेर या बाघ के न मिलने पर वे दो तीन मासूम खरगोशों को मारकर वापिस आ रहे होते हैं। तभी रास्ता भूल जाते हैं। बरगद के शीतल छाया में एक तेजस्वी युवक को बैठकर बांसुरी बजाता देख नरेश वहीं रुक जाते हैं। जूनागढ़ के रास्ते के विषय में उस युवक से पूछने लगते हैं। करुणावान युवक राजा और उनके घोड़े में लदे निरीह खरगोशों को देखकर पूछता है – "कहां का रास्ता पूछ रहे हैं आप? इस चलाचल विश्व में केवल दो ही मार्ग हैं। एक है निरपराध प्राणी के हत्याजन्य नर्क का रास्ता और दूसरा है जीव मात्र को अभयदान देकर स्वर्ग का रास्ता। जिस रास्ते को आप श्रेयस्कर समझते हैं उधर प्रस्थान कीजिए। इसके अलावा मैं और कोई रास्ता नहीं जानता।"

उस युवा के अंतर्भेदी शब्दों ने राजा के हृदय को आंदोलित कर दिया। घोड़े से उतर कर राजा ने मृत खरगोशों को ससम्मान नीचे रख दिया। और उस युवक के सम्मुख आजीवन मृगया ना करने का वज्र संकल्प स्वीकार कर लिया।

।। 36 ।।

शरीर और आत्मा

मानव जीवन युगों युगों से छलना और प्रताड़ना से जडित है। हमारे उच्चारण और आचरण में जमीन आसमान का फर्क देखने को मिलता है। अशुद्ध चेतना के ऊपर विशुद्ध आवरण ढकने की अदम्य लालसा हम में है। दूसरों को फंसा कर खुद भाग जाने के लिए हम निष्ठा के साथ प्रयास करते रहते हैं। पर अंत में हंस मनीषा द्वारा दूध का दूध पानी का पानी न्याय से कहानी का पर्दा गिरता है। उपनिषद से एक सुंदर कथानक।

एक सिद्ध संन्यासी जंगल में एक कुटीर बना के वास करते रहते हैं। उनके सामने रास्ते के अपर पार्श्व में एक गणिका रहती थी। संन्यासी की दृष्टि सर्वदा गणिका के घर पर निबद्ध रहती थी। वह गणिका सर्वदा संन्यासी के यज्ञ, होम, प्रभु नाम जप सुनती रहती थी। उसका मन संन्यासी के प्रति श्रद्धाशील होने के साथ साथ स्वयं के प्रति ग्लानि और अपराधबोध से जर्जरित था। एकदिन संन्यासी ने उस वेश्या के पास आने वाले ग्राहकों की संख्या गिनना प्रारंभ किया। एक ग्राहक के नाम का एक कंकर दीवार के कोने में रखते गये। कुछ दिन पश्चात जब पर्वत के आकार के कंकर जमा हो गये तो उन्होंने वेश्या को बुलाकर कहा – "अरे पापिनी! तू कितने घरों को और उजाडेगी? तेरा जीवन नर्क तुल्य है। तूने अनेक परिवारों को रौरव नरक बना दिया है। तेरे कारण परिवार टूट रहे हैं। धिक्कार है तुझे!"

गणिका अपने घर वापस आकर पश्चात्ताप के आंसू में डूब गई। स्वयं को बारंबार तिरस्कार करने लगी। छोटे से पेट की क्षुधा मिटाने के लिए सम्मानजनक व्यवस्था न कर पाने के कारण भगवान को भी दोष देने लगी। विधि का अद्भुत संयोग! उसी रात संन्यासी और गणिका दोनों की मृत्यु हो जाती है। देवदूत और यमदूत दोनों पृथ्वी पर अवतरित होते हैं। लेकिन आश्चर्य! देवदूत गणिका के घर की तरफ और यमदूत संन्यासी की तरफ बढ़ने हैं। यह देखकर संन्यासी की आत्मा विचलित हो कर कहने लगती है – "अरे! आप शायद रास्ता भूल गए हैं। देवदूतों को तो इधर आना है और आपको उधर जाना है।"

देवदूत और यमदूत एक साथ बोल उठते हैं – "न्याय प्रदान के क्षेत्र में हमसे भूल होने की एक भी घटना आज तक प्रमाण में नहीं है। आप याग, यज्ञ, पूजा अर्चना करते थे। ठीक से देखिए आपके भक्तगण उस निर्जीव लेकिन पवित्र शरीर को गंगाजल से स्नान कराकर चंदन का लेप लगा रहे हैं। गणिका का शरीर पाप कर्म में लिप्त था। इसलिए ध्यान दें, उसके शरीर को चील कौवे आदि खा रहे हैं। परंतु आपकी आत्मा अपवित्र थी। वह केवल वेश्या के कार्य के प्रति आकर्षित हो उसी का अनुध्यान करती थी। एक प्रकार से मोहग्रस्त थी आपकी आत्मा। इसीलिए उसकी गति यमालय की तरफ न्याय संगत है। पर उस गणिका की अपवित्र शरीर में भी एक भव्य आत्मा का वास था। स्वयं के अपकर्म के लिए लज्जित होने के साथ साथ वह आपके पूजा पाठ को नित्य प्रणाम करती थी। निष्पाप और करुणाशील थी उसकी आत्मा। वह देवलोक को नहीं जाएगी तो क्या आप जाएंगे?"

|| 37 ||

हृदयहीन व्यक्ति

समाज में भिन्न – भिन्न विचारधारा और भिन्न –भिन्न चरित्र के लोग रहते हैं। दूसरों के दु:ख देखकर कुछ व्यक्तियों का हृदय आंदोलित होता है तो कुछ व्यक्ति बिल्कुल भी प्रभावित नहीं होते हैं। विलास और व्यसन में निमज्जित ऐसे व्यक्तित्व, अपने ऐश्वर्य को अमर समझते हैं। संकीर्ण सुखेषणा उन्हें पर पीड़ा से दूर रखता है। संवेदनाशून्य जीवन जी कर वे दूसरों के सम्मान और सहानुभूति स्वत: गवा देते हैं।

कपडे के मील के सभी मजदूर और कर्मचारी एक दिन सुबह काम पर जाकर देखते हैं मील का फाटक बंद है। गेट के पास बोर्ड में मील मालिक की रात को आकस्मिक मृत्यु का खबर दिया गया है। सभी वापस लौटने लगते हैं। आपस में वार्तालाप करते हैं कि कल तक तो मालिक ठीकठाक थे। रात को अचानक ऐसे क्या हो गया ? एक वरिष्ठ कर्मचारी कहते हैं हृदय गति रुक जाने के कारण उनकी मृत्यु हुई है – ऐसे सुनने में आ रहा है। यह सुनते ही कुछ मजदूर कह उठते हैं – "सच में! क्या आपको लगता है उनके हृदय नाम की चीज थी ? आपने कभी अनुभव किया है ?"

जो स्वामी अपने अनुगतों के दु:ख, सुख, हर्ष और विषाद में सम्मिलित ना होकर केवल अपने ही हित के बारे में चिंता करता रहता है वह कभी उनके श्रद्धा का पात्र नहीं बन पाता।

।। 38 ।।

सीमित वक्तव्य

सभा समितियों का सुसज्जित मंच एवं सामने माइक लगाई गयी हो तो बहुत सारे वक्ता प्रगल्भ हो उठते हैं। इधर-उधर की बोलने लगते हैं। श्रोताओं की मानसिकता को ध्यान न रखकर वातावरण को अनावश्यक नीरस कर देते हैं। चर्चिल ने एक बार कहा था - "मुझे यदि 2 घंटे का वक्तव्य देना रहता है तो कुछ भी तैयारी करनी नहीं पड़ती। अगर 20 मिनट बोलना है तो मुझे 2 घंटा तक तैयारी करनी पड़ती है। लेकिन यदि 5 मिनट में ही मुझे वक्तव्य समापन करना हो तो कम से कम 8 घंटे की तैयारी की आवश्यकता होती है।"

कम समय में विषय का सम्यक् प्रतिपादन एवं सारगर्भित प्रस्तुति बहुत श्रमसाध्य होता है।

एक बार लेखक नई दिल्ली की एक समारोह में सम्मिलित हुए थे। श्रोताओं की प्रथम पंक्ति में वह बैठे थे। मंच पर आचार्य महाप्रज्ञ जी के साथ लोकसभा के तत्कालीन अध्यक्ष श्री शिवराज पाटिल एवं मुख्य चुनाव कमिश्नर श्री टी एन शेषन बैठे थे। लेखक की दृष्टि नेता द्वय के पीछे खड़े ब्लेक कैट कमांडो और एके - 47 के ट्रिगर में जमी हुई उनकी उंगली पर टिकी हुई थी। संयोजन का कार्य कर रहे थे सुप्रसिद्ध हिंदी लेखक श्री धर्मचंद चोपड़ा। अनेक वक्ताओं को समय सीमा में बांध कर रखने की अद्भुत कला देखने को मिल रही थी। लोकसभा के अध्यक्ष को आमंत्रण करते हुए श्री चोपड़ा विनम्रता से कहते हैं आपकी

विद्वता अपरिमित है। पर आप अगर 90 सेकेंड के सीमित समय में अपना वक्तव्य समापन कर देंगे तो बहुत अच्छा होगा। श्री पाटिल माइक पकड कर पहले हंसते हैं और कहते हैं – "जो देश के प्रधानमंत्री और अटल जी जैसे प्रतिपक्ष नेता को समय सीमा में बांध कर रखता है, आज उसे स्वयं समय सीमा में बंधना पड रहा है। मेरी असहायता देख कर आपको खुशी हो रही होगी।" उन्होंने बड़े ही चमत्कार ढंग से 1:30 मिनट में ही अपना वक्तव्य रखकर उस विशाल परिषद को सम्मोहित कर दिया। उस दिन की अनुभूति लेखक को हमेशा अनर्गल प्रलाप करने से रोकती है।

।। 39 ।।

दृष्टि और सृष्टि

जैसी दृष्टि वैसी सृष्टि – यह कथन व्यापक रूप से प्रचलित है। सारस्वत मनीषियों ने अमृतमय वाक्य लिखा है – जिसका जैसा मन वैसा फल विश्व देता है। उच्चमना को अमृत मिलता है तो नीचमना को विष मिलता है।

यह संसार हमारी भावनाओं के अनुरूप आकार लेता है। संकीर्ण अहंकार और ममकार से उर्ध्वारोहण करके उदात्त वसुधैव कुटुंबकम चेतना से अगर हम उद्‌बुद्ध होते हैं तो आत्ममंगल करने के साथ विश्व को भी मधुमय बना पाएंगे।

भगवान राम लंका में रावण, कुंभकर्ण आदि दैत्यों का विनाश करते हैं और सीता माता को उद्धार करके सकुशल अयोध्या लौट आते हैं। राम और सीता सिंहासन पर विराजमान थे। हनुमान उनके चरणों की सेवा में रहते थे। एक दिन भगवान राम प्रश्न करते हैं – देवी सीता को अपहरण कर रावण ने उन्हें अशोक वाटिका में रखा था। उस समय वाटिका में कौन से रंग के फूल शोभायमान थे? माता सीता कहते हैं – सफेद। पर हनुमान कहते हैं – फूल तो लाल रंग के थे। सीता प्रतिवादस्वरूप कहती हैं– हनुमान लगता है तुम्हारी स्मृति विभ्रम हो गया है। वह फूल चंद्रालोक जैसे शुभ्र थे। हनुमान कहते हैं – नहीं माता, फूल तो सिंदूर जैसे लाल वर्ण वाले थे। परस्पर विरोधाभासी वक्तव्य में दोनों अड़े रहते हैं। बाद में अनुसंधान

से ज्ञात होता है अशोक वाटिका में प्रस्फुटित पुष्प का वर्ण वास्तव में सफेद था। फिर प्रश्न उठता है हनुमान को वह लाल क्यों दिखाई दिया? भगवान राम समाधान स्वरूप कहते हैं – हनुमान देवी सीता के अन्वेषण में समुद्र को लांघ कर अशोक वाटिका पहुंचते हैं। वहां देवी सीता की दयनीय अवस्था देख उनकी आंखें क्रोधाग्नि की लालिमा से अरुण वर्ण धारण कर लेते हैं। उस समय अन्य सभी रंग लाल रंग में रूपांतरित हो जाता है। धरतीपुत्री जानकी अपनी माता समान क्षमाशील है। इसलिए रावण और उसके सैनिकों के प्रति उनके मन में थोड़ी सी भी द्वेष भावना नहीं थी। उनकी आंखों में शुभ्र श्वेत तरंग दौड़ रहा था। उनकी दृष्टि विपर्यास न होने के कारण पुष्प का रंग श्वेत दिख रहा था।

।। 40 ।।

श्रीकृष्ण की अन्तर्वेदना

यह संसार दु:ख और सुख दोनों से भरा है। यहां वैराग्य के लिए जितना अवकाश है अनुराग के लिए उतना नहीं है। किंतु मनुष्य दु:ख के ऊपर सुख का आवरण डाल कर हमेशा हंसने का छल करता आया है। यह पीड़ा सार्वजनिक है। योगिराज श्री कृष्ण भी इससे बच नहीं पाए। दूसरों की तो बात ही क्या? **सर्वधर्मान् परित्यज्य मामेकं शरणं व्रज** की हुंकार देने वाले भगवान श्रीकृष्ण के जीवन का एक प्रसंग।

एक बार भगवान श्रीकृष्ण उदास होकर बैठे थे। देवर्षि नारद उन्हें देखकर उदासी का कारण पूछते हैं। इसपर श्रीकृष्ण के होंठ कांपने लगते हैं पर वह बोल कुछ नहीं पाते हैं। नारद कहते हैं – "प्रभु! अगर आप मुझे योग्य समझते हैं तो अनुग्रह करके आपके दु:ख का कारण बताइए।" बहुत विनती करने के बाद कृष्ण कहते हैं – "देवर्षि मेरे शोक और अवसाद के दो कारण हैं। पहला है– लोग मेरे भोग की प्रवृत्ति को जानते हैं। पर मेरे त्याग और निवृत्ति का आकलन करने में सक्षम नहीं हैं। मैं पीतांबर वस्त्र धारण करता हूं, छप्पन भोग खाता हूं, राज प्रसाद का स्वर्गीय सुख और गोपियों संग लीला करता हूं वह यह देख रहे हैं। पर धर्म रक्षा के लिए मेरे द्वारा सहे अपमान, मथुरा आदि राज्य जीत कर भी वहां के शासन वहां के योग्य शासकों के हाथ सौंपना, मनुष्य के पुरुषार्थ को जीवित रखना,

इन सब के लिए मुझे पल पल विषपान करना पड़ रहा है। यह बात लोग थोड़ा भी समझ नहीं पा रहे हैं। इसलिए मै दु:ख की अनुभूति कर रहा हूं। मेरे अवसाद का दूसरा कारण है –समग्र विश्व को भगवद् गीता का ज्ञान देने में समर्थ कृष्ण अपने ही परिवार के सदस्यों को हिताहित ज्ञान देने में विफल रहा है। मेरे उत्तराधिकारियों की विवेक चेतना मृतप्राय है। अनागत की प्रतिध्वनि मुझे स्पष्ट सुनाई दे रही है। मेरे परिजनों के पतन को मैं साफ देख पा रहा हूं। देखते हुए भी, सब कुछ जानते हुए भी मैं विवश हूं। कुछ कर नहीं पा रहा हूं। उनके कर्मों के अनुसार फल वह भोगेंगे। जगत का पालनहार आज दुर्बल और विवश है, इसीलिए मैं दुखी हूं।'' देवर्षि नारद के पास प्रभु के दु:ख दूर करने का कोई उपाय नहीं था।

।। 41 ।।

संत ओर सहनशीलता

संत चाहे गृहस्थ हो या गृहत्यागी उसकी साधना की लब्धियों को जानने के लिए समाज उत्कंठित रहता है। इतने दिन की साधना से आपको क्या क्या मिला है? यह एक शाश्वत जिज्ञासा है। लेकिन प्राप्ति के बदले क्या त्याग किया है? यह प्रश्न कोई एक दो ही पूछते हैं। आपने अपनी दिव्य साधना से क्रोध का कितना उपशमन किया है? कपट और माया को छोड़ने में समर्थ हो पाए क्या? लोभ के ऊपर कितना विजय मिला है? अगर इन प्रश्नों का संतोषजनक उत्तर मिलता तो यह संतजन समाज को सम्यक मार्गदर्शन दे पाते। दक्षिण भारत के एक महान व्यक्ति के जीवन का अनुकरणीय प्रसंग।

नाम था उनका वैलुवर। कपड़ा बुन कर जीवन निर्वाह करते थे। उनकी सहनशीलता और क्षमा की गाथा दिगदिगंत में फैली हुई थी। कुछ उद्दंड युवक उनके धैर्य और सहिष्णुता की परीक्षा लेना चाहते थे। एक दिन थिरु वैलुवर अपने कपड़े की पोटली खोल बाजार में बेचने के लिए बैठे थे। वह युवक वहां पहुंचकर एक वस्त्र का मूल्य पूछते हैं? वैलुवर कहते हैं– "बीस रुपए।" युवक उसे दो टुकड़े कर एक को हाथ में लेकर उसका मूल्य पूछते हैं। वैलुवर सहज भाव से बोलते हैं– "दस रुपए।" युवकों ने उस टुकड़े में से एक को फिर फाड़ दिया और पूछा – "इस का मूल्य कितना?" संत वैलुवर कहते हैं– "बेटा! यह वस्त्र अब मूल्यहीन हो गया है। तुम उसे ऐसे ही ले जा सकते हो।" चेहरे पर गभीर शांति। वाणी उत्तेजना रहित। क्षमा और सहनशीलता का अपूर्व उदाहरण। साधना की सार्थक उपलब्धि। आवेग और आवेश पर संपूर्ण नियंत्रण। सभी युवक अपनी उद्दंडता के लिए लज्जित थे। पराजय की ग्लानि से ऊपर एक महान आत्मा का पवित्र चरित्र उनको आत्म-निरिक्षण करने पर मजबूर कर रहा था।

|| 42 ||

चिंतन का प्रतिफलन

मनुष्य जो बात को बार-बार दोहराता है अथवा जिस व्यक्ति या वस्तु का सर्वदा स्मरण करता है उसका व्यक्तित्व वैसे ही रूपांतरित हो जाता है। इन चीजों का बहुत प्रभाव मनुष्य के ऊपर पड़ता है। विज्ञान ने भी इस बात को स्वीकार किया है। गर्भावस्था के दौरान मां जैसी छवि निरंतर देखती है और जैसा चिंतन करती है गर्भस्थ शिशु के ऊपर उसका प्रतिफलन साफ दिखाई देता है। बीसवीं सदी के प्रथम दशक की एक सत्य घटना।

इंग्लैंड के एक शहर में एक गोरे दंपत्ति रहते थे। दोनों में परस्पर अंतरंग प्रेम था। पत्नी ने गर्भधारण किया और उचित समय पर एक शिशु को जन्म दिया। किंतु यह क्या? शिशु एकदम काला और हट्टाकट्टा निग्रो बच्चा जैसे दिख रहा था। पति के मन में संदेह उत्पन्न हुआ। पत्नी के चरित्र को लेकर वह शंकाग्रस्त हो गया। कोई निग्रो पुरुष के साथ संपर्क होने का निर्मम आरोप पत्नी पर लगा दिया। उसका तर्क था अंग्रेज मां-बाप की ऐसी संतान होना संभव है क्या? परंतु उसकी पत्नी दृढ़ता के साथ इस अभियोग का खंडन करती रही। अपने बेदाग चरित्र के प्रति वह अंग्रेज महिला संपूर्ण आश्वस्त थी एवं अपने पति के प्रति पूर्ण समर्पित थी।

आपसी समझौता ना हो पाने के कारण न्यायालय का आश्रय लिया जाता है। अपने सतीत्व के पक्ष में उस महिला ने दृढ़ और स्पष्ट

तर्क रखा। पर प्रमाण क्या है। न्यायाधीश भी चिंतित दिखाई देने लगे। शायद उस समय डीएनए टेस्ट प्रारंभ नहीं हुआ होगा। आखिर में न्यायाधीश उस दंपत्ति के निवास स्थल पर जाते हैं और देखते हैं उनके पलंग के ठीक सामने एक अफ्रीकीय निग्रो की विशाल छवि लगी हुई है। वह सब बात समझ जाते हैं। न्यायालय पहुंचकर घोषणा करते हैं – ''यह महिला पूरी तरह निष्पाप और निर्दोष है। इनके चरित्र के प्रति संदेह करने का कोई कारण ही नहीं है। ये पूरी गर्भावस्था के दौरान सोते उठते समय अपने कमरे में लगे उस निग्रो की छवि को एकाग्रता से देखती रही हैं। इस छवि के साथ इनकी तादात्म्यता उत्पन्न होकर गर्भस्थ शिशु के आकृति को भी संक्रमित कर दिया है। अत: शिशु के रंग को लेकर पत्नी के उपर संदेह करना पति का अपराध होगा। अंग्रेज पुरुष ने स्थिति को समझकर न्यायाधीश से क्षमा प्रार्थना किया और अपनी पत्नी को गले लगा लिया। भविष्य में ऐसा संदेह कभी नहीं करेंगे इस बात का संकल्प भी किया।

।। 43 ।।

भारत बनाम पश्चिम

हमारी संस्कृति का वैशिष्ट्य युगों युगों से प्रमाणित है। यद्यपि आज पाश्चात्य विचारधारा से भ्रमित होने का अभियोग प्रतिदिन सुन रहे हैं फिर भी खुली खिड़की की वजह से जितना भी प्रदूषण क्यों ना आए हम पूरी तरह सुरक्षित हैं। इसमें संदेह नहीं है। स्वामी विवेकानंद के जीवन से एक स्मरणीय प्रसंग।

शिकागो में स्वामी विवेकानंद एक दिन संध्या भ्रमण कर रहे थे। रास्ते में एक श्मशान आता है। वहां एक अमेरिकन युवती एक सद्य खुदे कब्र के पास बैठ पंखा कर रही थी। उसे देख कर विवेकानंद पूछते हैं – "बहन! यह कब्र किसकी है?" युवती कहती है – "मेरे स्वर्गवासी पति की है।" यह सुनकर स्वामीजी गदगद होकर कहते हैं – "आप धन्य हैं देवी! पतिव्रत धर्म की परम पराकाष्ठा हैं। अभी तक पतिभक्ति का यश भारतीय ललनाओं के नाम सुरक्षित था। पर आज तुमको देख कर प्रणाम करता हूं। तुम्हारा स्थान हम भारतीयों से भी बहुत ऊपर है।"

यह सुनकर युवती आश्चर्य होकर कहने लगती है – "अजीब प्राणी लग रहे हैं आप! मेरे कार्य में पतिभक्ति जैसी कुछ नहीं है। इस व्यक्ति ने मरने से पहले मुझ से वचन लिया था कि उसके कब्र की मिट्टी जब तक ना सूखे तब तक मैं पुनर्विवाह ना करूं। मुझे मेरे नए प्रेमी से जल्दी शादी करनी है। इसीलिए मैं पंखा करके इसको सुखाने की कोशिश कर रही हूं। जिससे मैं जल्दी वचन मुक्त होकर दूसरी शादी कर सकूं।

स्वामी विवेकानंद का भ्रम दूर हो गया। वह भारतीय सीता, द्रोपदी अनुसूया आदि महासतियों को लक्ष्य कर सभक्ति प्रणाम करते हैं और आगे बढ़ जाते हैं।

|| 44 ||

चुनाव की प्रचारशैली

आजकल राजनीतिक दल चुनाव के समय सामान्य शिष्टाचार को भी भूल जा रहे हैं। अपने विरोधियो के चरित्र संहार करने का एक भी अवसर जाने नहीं देते। पर व्यतिक्रम स्वरुप एक एक बार ऐसे भी कुछ व्यक्तित्व चुनाव के रणांगन में अवतीर्ण होते हैं, जिनकी प्रचारशैली देख कर मन में सात्विक गौरव की अनुभूति होती है। ऐसे व्यक्ति ही इतिहास के सुनहरे पृष्ठ पर हस्ताक्षर करके जाते हैं। हार जीत की चिंता इनके मन में नहीं रहती है। प्रस्तुत है ऐसा ही एक उदाहरण।

सन् 2004 में चौदहवीं लोकसभा के चुनाव का प्रचार पूरे जोरों पर था। मर्यादित लखनऊ के आसन से प्रधानमंत्री श्री अटल बिहारी वाजपेयी खुद चुनाव लड रहे थे। उनके विपक्ष में कांग्रेस से सुपसिद्ध विद्वान डॉ करण सिंह लड़ रहे थे। पूरे प्रचार के दौरान दोनों में से किसीने भी एक दूसरे के विरुद्ध अपशब्द का कोई प्रयोग नहीं किया। अपनी नीति का बखान करने के साथ प्रतिपक्ष दल के सिद्धांतों की समालोचना कर रहे थे। प्रचार अपनी चरम सीमा पर था। डॉक्टर करण सिंह एक दिन एक विशाल समावेश में मजाक में कहते हैं– अटल जी! आप कवि हृदय व्यक्ति हैं। राजनीति छोडिये और श्रीनगर स्थित मेरे राजमहल में आइये। वहां कुछ दिन विश्राम कर कविता लीखिए।

अटल बिहारी वाजपेयी दो दिन बाद उसी जगह अपना

चुनाव प्रचार समापन कर रहे थे। वह कहते हैं– राजा साहब! मैंने प्रेम की कविता लिखना नहीं सीखा। देशप्रेम की कविता ही लिखता आया हूं। ऐसी कविता राज प्रासाद के वैभव के अंदर नहीं लिखी जाती। युद्धक्षेत्र में ही वीर रस का सृजन होता है। आपने मुझे राजभवन आने के लिए आमंत्रित किया, बहुत बहुत धन्यवाद। परंतु क्षमा कीजिएगा मैं आपका आमंत्रण स्वीकार नहीं कर सकता। मुझे चुनाव के रणांगन में रहकर ही कविता लिखना होगा।

कौन जीता कौन हारा – यह विषय गौण है। पर क्या ऐसी शालीनता दूसरों के लिए अनुकरणीय नहीं है?

।। 45 ।।

निगूढ़ जिज्ञासा

संसार में अत्यल्प लोगों की प्रज्ञा जागृत है। बाकी ज्यादातर मनुष्य स्थूल बुद्धि से परिचालित होते हैं। जीवन के रहस्यों को समझने में उन्हें बहुत समय लगता है। प्राचीन वांङमय से एक सुंदर प्रसंग।

प्रात: दस से बारह का समय। एक मुनि भिक्षान्वेषण हेतु निकलते हैं। एक श्रेष्ठी के निवास में जाकर पूछते हैं – "शुद्ध भोजन मिलेगा क्या?" श्रेष्ठी दुकान में बैठे बैठे ही उन्हें अंदर जाने को कहते हैं। तरुण तपस्वी मुनि को देख श्रेष्ठी के पुत्रवधु प्रश्न करती हैं – "पौ फटने का समय। आपने इतना बड़ा निर्णय कैसे लिया।" मुनि ने रहस्यमय उत्तर देते हुए कहा – "बहन! काल को मैं जानता नहीं।" उसके बाद मुनि प्रश्न करते हैं – "आपके घर में रोज बासी खाते हो या ताजा?" पुत्रवधु कहती है – "हम रोज बासी ही खाते हैं।" पर मुनि के भिक्षा पात्र में वह भद्र महिला सद्य प्रस्तुत भोजन डालती हैं। इसके बाद मुनि की जिज्ञासा और बढ़ जाती है। वह पूछते हैं – "वर्तमान तुम्हारे ससुर, पति और पुत्र का उम्र क्या है?" पुत्रवधु ने पहेली भरा उत्तर दिया – "हे मुनिश्रेष्ठ! मेरे बेटे की उम्र 16 वर्ष, पति का उम्र 8 वर्ष है। ससुर जी तो अभी बहुत छोटे हैं। पालने में ही झूल रहे हैं।" तत्पश्चात मुनि भिक्षा लेकर चले जाते हैं।

उधर गृहस्वामी इन दोनों की बातें दुकान से ही सुन रहे थे। उनका मूड खराब हो जाता है। पुत्रवधु को तो क्या कहेंगे? उनकी नजर में तो वह एक मूर्ख और अज्ञान महिला थी। मुनि के रहने के स्थान में जाकर उनके प्रमुख मुनि को सब बातें बताते हैं और नाराजगी व्यक्त करते हैं। कहते हैं –

"आपलोग अल्पवय के बालकों को वैराग्य पथ में लाकर अपराध कर रहे हैं। मेरी बहू तो पूरी पगली है, पर आपके शिष्य में तो थोड़ा विवेक होना चाहिए।"

सब बातें सुनने के बाद प्रमुख मुनि ने उस तरुण साधु को बुलाया। उनके आने के बाद श्रेष्ठी कहते हैं – "आप दिन के 11 बजे हमारे घर आते हैं। मेरी पुत्रवधु उसे पो फटने का समय कहती हैं और आप काल को न जानने के बात कहते हैं। यह सत्य है कि नहीं?" युवा मुनि कहते हैं – "यह पूरी तरह सत्य है। उस बहन ने मेरी उम्र देख कर कहा था – भरे यौवन में मैंने संन्यास के पथ को क्यों चुना? मैंने कहा था काल को मैं जानता नहीं। ना जाने कौन से क्षण मृत्यु आ कर उपस्थित हो जाए। इसीलिए मैंने श्रेय पथ को चुना।"

द्वितीय प्रश्न के संदर्भ में मुनि कहते हैं– "मेरे प्रश्न का लक्ष्य था पूर्वकृत पुण्य का ही फल भोग रहे हो या नया कुछ सत्कर्म कर रहे हो। उनका उत्तर था पूर्व सुकृत का आनंद ले रहे हैं। नए पुण्य अर्जन का कुछ प्रयास नहीं हो रहा है। बासी और ताजा खाद्य का रहस्य यही था।"

तृतीय प्रश्न पर मुनि कहते हैं देखिए उस बहन के कहने का उद्देश्य यह था – मेरे पुत्र के जन्म होते ही मैंने उसे सत्य, अहिंसा और करुणा आदि सद्संस्कार दिया है। उसका उम्र अभी 16 वर्ष है। मेरे पति 8 वर्षों से सदमार्ग पर चल रहे हैं। इसलिए उनकी प्रकृत उम्र 8 वर्ष कहने में आपत्ति नहीं होनी चाहिए। ससुर अभी तक मोहमाया के जंजाल में फंसकर संसार के सभी पापकार्य करते आ रहे हैं। उनके अंतश्चेतना का अभी तक उन्मेष हुआ ही नहीं है। इसीलिए वह पालने में झूलने वाले शिशु समान हैं और यह कहना गलत नहीं है।"

वृद्ध ससुर विस्मयाभिभूत होकर अपनी भूल के लिए क्षमा प्रार्थना करते हैं। साथ ही अपना भविष्य सुधारने के लिए संकल्पबद्ध होकर घर वापस लौटते हैं। जिस पुत्रवधु को सर्वदा मूर्ख समझते रहे उसके प्रति हृदय में आदर और सम्मान का भाव उभर आता है।

।। 46 ।।

संचयशीलता की व्यर्थता

अर्थशास्त्र में संचय को विशेष महत्व दिया जाता है। आवश्यकतानुसार व्यय करके थोड़ा बहुत संचय कर पाते हैं तो भविष्य सुरक्षित लगने लगता है।

विकासशील देश विकशित होने की सीढ़ी दर सीढ़ी चढ़ते रहते हैं। मनुष्य अपनी असुरक्षा और मोह के वशीभूत होकर अपने लिए और अपने भावी पीढ़ी के लिए जितना संचय करके रख पाता है उतना राहत का अनुभव करता है। पर उसकी चिंता सातवीं पीढ़ी तक सीमित न रहकर आठवीं और आगे की पीढ़ी तक भी पहुंच जाती है। इसे भारतीय संस्कृति सदैव अस्वीकार करती आई है।

महाराजा भोज प्रतिदिन अजस्त्र दान और विसर्जन करते रहते हैं। उनकी ऐसी वदान्यता देख प्रधानमंत्री आशंकित होने लगते हैं। कहीं राजकोष खाली ना हो जाए! उन्होंने राजा को अनेक उपायों से समझाने की कोशिश की। पर राजा भोज एक नहीं मानते हैं। अंत में मंत्री अपनी विलक्षण बुद्धिमता का परिचय देते हुए महाराज के शयन कक्ष में एक पट्ट पर कुछ लिखकर टांग देते हैं। “आपदार्थे धनं रक्षेत्।” आपदा के लिए धन सुरक्षित रखना चाहिए। राजा भोज उसके नीचे लिख देते हैं – “श्रीमतामापदः कुतः!” अर्थात भाग्यवान लोगों के लिए आपदा कभी नहीं आती। मंत्री लिखते हैं – “कदाचित् कुपिते देव!” यदि भाग्य अप्रसन्न हो जाए या देवी प्रकोप आ जाए तो थोड़ी सुरक्षा तो चाहिए। मंत्री अभी तक आशा नहीं छोड़े हैं। पर राजा भोज पुनः नीचे लिखते हैं – “संचितमपि नाश्यती।” यदि ऐसी स्थिति आती है तो संचित भंडार भी नष्ट हो जाएगा।

अब तो प्रधानमंत्री, राजा भोज के सुधरने की सभी आशा का त्याग कर देते हैं।

।। 47 ।।

मुहूर्त्तं ज्वलयितं श्रेयं, न च धूमायितं चिरं

आज का युग प्रबंधन का युग है। आज परिमाण से ज्यादा गुणवत्ता पर जोर दिया जाता है। लेख का शीर्षक कहता हैं धूमायित होकर सहस्त्र चंद्रमा देखने की अपेक्षा प्रेम और शांतिभरा दो-चार दिन ही अच्छा है। साहित्य जगत में इस विषय पर चिंतन मंथन की आवश्यकता का अनुभव होता आया है।

कुछ वर्ष पूर्व एक अखबार में एक लेखक के 1600 वें पुस्तक के प्रकाशन के संबंध में खबर छपा था। शायद गिनीज बुक ऑफ वर्ल्ड रिकॉर्ड में नाम दर्ज कराना उनका लक्ष्य रहा होगा। पर उन्होंने पाठकों को किस तरह अवांछित तथ्य परोसा है वे सब बातें किसी को याद नहीं होगा। सारवत्ता-शून्य आलेख व्यर्थ होते हैं। मेरे जैसे अधिकांश पाठक उनके नाम को भी स्मृति में नहीं रख पाते हैं।

पर इससे ठीक विपरीत तथ्य को देखते हैं। हिंदी साहित्य के आद्य कहानीकारों मे श्री चंद्रधर शर्मा गुलेरी का नाम आदर से लिया जाता है। उन्होंने अपने जीवन में मात्र दो कहानियां लिखी है। इनमे से एक **उसने कहा था** विश्वस्तरीय कहानी मानी जाती है। मात्र नौ दस पृष्ठों की यह कहानी को एक विशाल उपन्यास का रूप भी दिया जा सकता है। अत्यंत लोकप्रिय इस कहानी के ऊपर सफल चलचित्र का निर्माण भी हो चुका है। इसीलिए संख्या बढ़ाने का निरर्थक श्रम करने की अपेक्षा गुणवत्ता के प्रति सतर्क रहते हैं तो **मुहूर्त्तं ज्वलयितं श्रेयं, न च धूमायितं चिरं** उक्ति को सार्थक कर पाएंगे।

।। 48 ।।

प्रकृत परिचय

यह संसार विचित्र है। यहां सब संबंध के मायाजाल में फंस कर जी रहे हैं। कोई कोई प्रलंब साधना से अपना परिचय स्वयं बना पाए हैं, तो कोई अपने पूर्वज या उत्तराधिकारियों के पुण्य को ही पुंजी बनाकर चलते हैं। पर महान व्यक्ति पूज्यपूजा में व्यतिक्रम करते नहीं तथा कृतज्ञता प्रकट करने में भी जरा भी कृपणता दिखाते नहीं। इस सहस्त्राब्दी के महानायक बिग बी के जीवन की एक घटना।

एक बार गंगा, यमुना, सरस्वती के मिलन की पुण्यधरा प्रयागराज में एक समारोह का आयोजन हो रहा था। कई जाने-माने हस्तियों के साथ-साथ अमर काव्य मधुशाला के कवि श्री हरिवंश राय बच्चन एवं उनके सुपुत्र प्रसिद्ध कलाकार श्री अमिताभ बच्चन भी मंच पर विराजमान थे। श्री हरिवंश राय बच्चन जी के परिचय देते समय संयोजक कहते हैं- "यह हैं सुप्रसिद्ध सिनेमा कलाकार महानायक अमिताभ बच्चन के पिताजी श्री हरिवंश राय बच्चन।" जोर की तालियों से समारोह गूंज उठता है। परंतु अमिताभ के चेहरे पर क्रोध के भाव उभर आते हैं। वह संयोजक से माईक लेकर कहते हैं- "परिचय देने की कला से शायद आप पूरी तरह परिचित नहीं हैं। हरिवंश राय बच्चन जैसे विश्वप्रसिद्ध विभूति एवं मां सरस्वती के वरदपुत्र का परिचय देने के लिए आपने अमिताभ का सहारा कैसे लिया? हां मेरा परिचय आप दूसरों को देते समय गर्व के साथ कह सकते हैं यह है अमिताभ बच्चन, मधुशाला के रचयिता श्री हरिवंश राय बच्चन के जेष्ठपुत्र। मेरे लिए वह क्षण

अविस्मरणीय होगा। बॉलीवुड के नायक लोकप्रिय हो सकते हैं। वह भी समय के प्रवाह के साथ निर्ममता से भूला दिए जाते रहे हैं। पर साहित्य की साधना सर्वथा भिन्न है। स्रष्टा अपनी सार्थक सृष्टि के माध्यम से काल के कपाल पर अपना अमिट हस्ताक्षर छोड जाते हैं।”

इसके बाद जो तालियों की गूंज सुनाई दी उसमें आत्मीयता और कृतज्ञता के स्वर उभर रहे थे।

।। 49 ।।

वास्तविक त्यागी कौन ?

भारतीय समाज में त्याग और अपरिग्रह को सम्मान की दृष्टि से देखा जाता है। प्राप्तवस्तु या ऐश्वर्य की ममत्व को त्यागने के लिए करोड़ों सिंहों का पराक्रम चाहिए। पर कभी-कभी इसका विपर्याय देखने को मिलता है। हम जिन ऋषि-मुनियों को अपरिग्रही समझते हैं उनसे भी ज्यादा त्यागी यह परिग्रहधारी गृहस्थ होते हैं- यह बोध निन्मोक्त व्यंग से समझ सकते हैं।

एक निर्लिप्त सन्यासी उपदेश दे रहे थे। उनके सम्मुख ग्रहणशील श्रोता और भक्तगण बैठे थे। प्रसंगानुसार सन्यासी एक रहस्यमय बात कहते हैं – "आप गृहस्थ वर्ग हम सन्यासियों से भी अधिक त्यागी हैं। आप लोगों का त्याग हमारे त्याग की तुलना में बहुत बड़ा है।" उपस्थित लोग आश्चर्य से भर जाते हैं। अपने सभी संपत्ति का विसर्जन कर ये महात्मा ने सन्यास स्वीकार किया था। हम तो परिग्रह और संग्रह में आकंठ डूबे हुए हैं। हमारे पास अजस्त्र धन-संपत्ति है। यह महात्मा अकिंचन हैं। फिर हम इन से बड़े त्यागी कैसे? वह सब व्याकुल होकर अपनी जिज्ञासा रखते हैं। संन्यासी कहते हैं – "देखो मैंने परम की प्राप्ति के लिए नगण्य धनदौलत को छोडा है। मेरा त्याग तुच्छ है। पर आप लोगों ने तो तुच्छ धनदौलत की प्राप्ति के लिए परम सत्व का त्याग किया है। आपका लक्ष्य छोटा हो सकता है। पर त्याग मेरे त्याग से बहुत बड़ा है। मैंने तो सामान्य धन-संपत्ति छोड़ी है आपने तो परम प्राप्ति का उद्यम करना ही छोड़ दिया है। अब बताईए आपका त्याग मेरे से बड़ा है कि नहीं।"

हमें अवश्य विश्वास करना चाहिए कि उक्त प्रसंग से श्रोता मंडली में कईयों कि आंखे खूल गई होगी।

|| **50** ||

सॉरी मैडम

इंडिया टुडे मीडिया ग्रुप का वार्षिक शिखर सम्मेलन चल रहा था। 2007 का यह कनक्लेव दिल्ली के एक फाइव स्टार होटल में आयोजित हो रहा था। देश विदेश से अनेक प्रख्यात व्यक्ति अपने ज्ञान और अनुभव को साझा कर रहे थे। पाकिस्तान के पूर्व प्रधानमंत्री श्रीमती बेनजीर भुट्टो भी अपनी विद्वतापूर्ण उद्बोधन देती हैं। उनके पिता स्वर्गत भुट्टो की राजनीति मुख्यत: भारत विरोध के आधार पर टिकी हुई थी। उनकी तुलना में बेनजीर के स्वर नरम थे। यद्यपि जब वह भी प्रधानमंत्री पद पर थी भारत के विरुद्ध बयान देती रही। पर राजीव गांधी के साथ एक अनौपचारिक बातचीत में इसे अपनी मजबूरी के रूप में स्वीकार किया था।

कट्टरपंथी इस्लामी धार्मिक गोष्ठी और सत्ता पर अधिष्ठत होने के लिए निरंतर प्रयासरत सामरिक शक्ति को शांत रखने का एकमात्र सूत्र भारत का विरोध करना ही था।

बेनजीर के वक्तव्य के बाद कनक्लेव में मुक्त विमर्श चलने लगा। एक व्यक्ति कहते हैं – " मैडम! मैंने एक सपना देखा है। अपने साथियों के साथ बिना पासपोर्ट या वीजा के सड़क मार्ग से लाहोर जाकर वहां पिकनिक करने का मन है।" बेनजीर ने कहा – "यह संभव है या नहीं मुझे नहीं पता। पर यदि हो पाता है तो मुझे भी बहुत खुशी होगी। मैं और एक प्रस्ताव रखना चाहूंगी। आप के प्रधानमंत्री का जन्म हमारे देश के गाह में और हमारे राष्ट्रपति मुशर्रफ का जन्म नई दिल्ली में

हुआ है। आप हमें डॉक्टर मनमोहन सिंह को दे दीजिए और बदले में जनरल मुशर्रफ को स्वीकार कीजिए।'' यह सुनते ही कनक्लेव की अध्यक्षता कर रहे इंडिया टुडे ग्रुप के मुख्य संपादक अरुण पुरी कह उठते हैं – ''सॉरी मैडम! यह प्रस्ताव हमें स्वीकार नहीं है।''

परिहास के रुप में ही सही बेनजीर ने हम भारतीयों को गौरव की अनुभूति करा दिया।

।। 51 ।।

भाषा की जाति

संकीर्ण धर्मांधता और जातिवाद आज पूरे विश्व को संत्रस्त कर रहा है। पानी को लेकर भारत के अनेक राज्यों में विवाद उग्र रूप लेने लगा है। भाषा को लेकर जब आपसी मनमुटाव बढ़ते देखते हैं तो मन उदास हो जाता है। स्वतंत्रता के बाद उस समय के नेतृत्व द्वारा भाषा को लेकर स्वतंत्र प्रदेशों के गठन का जो निर्णय लिया गया था शायद वह अपरिपक्व साबित हो रहा है। भाषा को लेकर अलगाववादी आंदोलन के पीछे जितने भी युक्तिसंगत कारण क्यों न हो, फिर भी संवेदनशील मन उसे स्वीकार कर नहीं पा रहा है। राजनीति और भाषा के कर्म और धर्म पूरी तरह अलग हैं। दूसरी भाषाओं के प्रति विद्वेष भाव न रखकर अपनी भाषा के प्रति निष्ठा, समर्पण और गौरव की अनुभूति करना संकीर्णता की श्रेणी में नहीं माना जाएगा। भाषा का काम तो सदियों से जोड़ने का रहा है। क्योंकि भाषा की कोई निर्दिष्ट जाति नहीं है। लेखक की प्रत्यक्ष अनुभूति का एक प्रसंग।

कुछ वर्ष पूर्व चिकित्सा के काम से लेखक चेन्नई गए थे। वहां एक निकट संबंधी के घर से भोजन करके वह निकलते हैं। साथ में गृहस्वामिनी और उनकी पुत्रवधू भी थी। उन्हें शीघ्र अपोलो हॉस्पिटल पहुंचना था। पुत्रवधू ने ऑटो रिक्शा वाले से कहा – अन्ना शीघ्रं कुरु। यह सुनकर लेखक कहते हैं – तुम्हारी तामिल तो मैं स्पष्ट समझ पा रहा हूं। अन्ना अर्थात बड़े भाई, शीघ्रं कुरु अर्थात जल्दी कीजिए। यह तो शुद्ध संस्कृत उच्चारण है। भाषा की यह व्यापकता देख कर मन में आदर का भाव जागृत हुआ। उसके आगे अंग्रेजी हिंदी तेलुगू तामिल ओड़िया बंगला सब छोटे नजर आ रहे थे। साहित्य के माध्यम से अन्याय और असमानता के विरोध में आवाज उठाना गलत नहीं है। पर दूसरी भाषा और साहित्य के विरोध में विष वमन को यथार्थ नहीं कहा जा सकता।

।। 52 ।।

अन्तःकरण की करुणा

हमारे पूर्वज कहते हैं दूसरों के शोषण का एक रुपया भी हमारी दु:ख दुर्दशा का कारण बन सकता है। शोषण किसका करते हैं? एकांत में बैठकर अपने हृदय को टटोलने से हम समझ पाएंगे। दूसरों के जीविका को छीन कर उसे सड़क का भिखारी बनाने की कुत्सित अभिलाषा ही हमारे सौभाग्य को नष्ट कर देती है। ऐसे कुकर्म से अपने आप को दूर रख के अंत:करण को करुण रस से आप्लवित कर पाएंगे तो हमारा जीवन सार्थक होगा। एक सत्य घटना।

श्रीमद राजचन्द्र एक उच्च कोटि के साधक थे। उन्हें महात्मा गांधी भी अपना आदर्श मानते थे। वे हीरा जवाहरात का व्यवसाय करते थे। एक बार उन्होंने एक बड़ा सौदा किया। सौदे के बाद रत्न के दाम में अचानक बहुत वुद्धि हो गई। जिसके कारण जिसके साथ सौदा हुआ था उसे पचास हजार का बहुत बड़ा नुकसान हो रहा था। आज पचास हजार का विशेष मूल्य नहीं है। परंतु सौ डेढ सौ वर्ष पूर्व यह एक बड़ी रकम थी। वह आदमी अजीब कशमकश में फंस गया था। श्रीमद् राजचंद्र ने उसे बुलाया। वह डर डर के आया। राजचंद्र ने पूछा – भैया कैसे हो? उसने कहा – आप चिंता मत कीजिए। मैं धीरे-धीरे आपका सब रकम चुका दूंगा। राजचंद्र कहते हैं – मैं पैसे की बात नहीं कर रहा हूं। तुम कैसे हो आजकल? कैसे चल रहे हो? वह व्यक्ति भयभीत होकर कहता है – श्रीमंत ! आपका पैसा मेरे ऊपर बकाया है। मैं अवश्य उसे चुकाऊंगा। कृपा करके आप मुझे थोड़ा समय दीजिए।

श्रीमद् राजचंद्र कहते हैं- अरे भैया! मैं पैसे की बात तो बिल्कुल भी नहीं कर रहा हूं। हम दोनों के बीच जो सौदा हुआ था वह कागज तुम लाए हो क्या? उस व्यक्ति ने कांपते हुए हाथों से कागज उनकी तरफ बढ़ाया। श्रीमद् राजचंद्रने एग्रीमेंट पेपर हाथ में लेकर कहते हैं – राजचंद्र दूध पी सकता है, पर किसी का खून नहीं। आज से तुम्हारा सब बकाया पूरा हो गया। तुम्हें अब नजरें झुकाने की कोई जरूरत नहीं। इतना कहकर सौदे के कागज को फाड़ कर फेंक दिया।

व्यक्ति छलछलाते नैनों से उनके पांव छूने को झुका तो राजचंद्र ने उसे कस कर अपने गले से लगा लिया।

।। 53 ।।

प्रतिद्वंद्वी शत्रु नहीं होता

बीसवीं सदी के सप्तम दशक से भारतीय राजनीति में प्रतिद्वंद्वी को शत्रु समझा जाने लगा। वैचारिक मतभेद के प्रति तीव्र असहिष्णुता का भाव बढ़ने लगा। येन केन प्रकारेण प्रतिपक्ष के नेता को चुनाव में हराने की कुचेष्टा होने लगी। विरोध के स्वर को दबाने के लिए अभिज्ञ विचारवान नेताओं के विरुद्ध सिने–अभिनेता और क्रिकेट खिलाड़ियों को चुनाव मैदान में उतारा गया। इससे विधानसभा और संसद में सरकारी दल की मनमानी बढ़ती चली गई। सह–अस्तित्व की भावना लुप्त होने लगी। ऐसी स्थिति में नेहरू काल का उज्ज्वल प्रसंग आज के पक्ष और प्रतिपक्ष के वामन नेतृत्व को ऊपर उठने के लिए कुछ प्रेरणा अवश्य देगा।

उत्तर प्रदेश से लोकसभा के एक आसन के लिए उपनिर्वाचन हो रहा था। प्रसिद्ध समाजवादी नेता आचार्य नरेंन्द्र देव जो कि प्रधानमंत्री नेहरू के एक तीव्र समालोचक थे, उस आसन से प्रतिद्वंद्विता कर रहे थे। उनके विरुद्ध भारतीय राष्ट्रीय कांग्रेस ने भी अपना उम्मीदवार खडा कर रखा था।

ऐसे में उत्तर प्रदेश के तत्कालीन मुख्यमंत्री चंद्रभानु गुप्ता, प्रधानमंत्री के व्यक्तिगत सचिव एम ओ मथाई से कहते हैं कि यदि एक बार पंडित नेहरू कांग्रेस के पक्ष में प्रचार के लिए आ जाते हैं तो आचार्य नरेंन्द्र देव की हार सुनिश्चित है। मथाई ने जब पंडित जी से यह

बात कही तो उन्होंने पूरा मना कर दिया। बोले – "मैनें उपनिर्वाचनों में कभी प्रचार नहीं किया।" फिर उन्होंने गहरा असंतोष जताते हुए कहा – "अरे! अपने मुख्यमंत्री से कहिए आचार्य नरेंन्द्र देव को संसद में आने दें। उनके विरोध में तुमने जो मूर्ख को खड़ा किया है वह संसद आकर करेगा क्या? आचार्य नरेंन्द्र देव की उपस्थिति और समालोचना मुझे हमेशा जागृत रखेगी। उनके जैसे नेता किसी भी दल में क्यों ना हो वह संसद के आदर्श और आभूषण होते हैं।"

एक वह था सहनशीलता का अद्भूत कालखंड और एक आज का जिस में सैद्धांतिक मतभेद नहीं व्यक्तिगत चरित्र-हनन और शत्रु भाव ने देश को रुग्ण बनाकर रख दिया है।

|| 54 ||

क्रोध चांडाल है, इसीलिए तुम मेरे स्वामी हो

अपने आवेग और आवेश पर जिसका नियंत्रण नहीं है वह जीवन में कभी सफल नहीं हो सकता। बात बात में गुस्सा करने वाला व्यक्ति किसी का प्रिय नहीं हो सकता। उसे अनेकों बार अपमानजनक परिस्थिति का भी सामना करना पड़ता है।

एक विद्वान ब्राह्मण नदी में स्नान करके लौट रहे थे। सामने से एक हरिजन (चांडाल) जाति की स्त्री आ रही थी। ब्राह्मण को देख कर दूर से ही वह एक किनारे हट गई। पर सुबह सुबह उस महिला को देखकर ब्राह्मण क्रोध जर्जरित हो गये। चिल्लाकर कहने लगे – "छी छी! तेरी परछाई मेरे ऊपर गिर गई। मुझे फिर से स्नान करना पडेगा।" इतना कहकर भी वह चुप नहीं हुए और अनेक कटु वचन कहने लगे। ब्राह्मण की तेज आवाज से वहां अच्छी खासी भीड़ जमा हो गई।

निर्दोष महिला असहाय होकर सब सुन रही थी। असहनीय होने पर ब्राह्मण को उचित शिक्षा देने की बात सोची। अचानक कहने लगी – "स्वामी! सड़क पर क्यों तमाशा कर रहे हो। मेरे से कुछ भुल हुई हो तो चलिए, घर में एकांत में बताना। इतने लोगों के सामने अपनी पत्नी को ऐसे क्यों गाली दे रहे हैं?" वहां एकत्रित लोग विस्मित होकर एक दूसरे को देखने लगे। ब्राह्मण भी ऐसी परिस्थिति के लिए प्रस्तुत नहीं थे। वह उस महिला के पास आकर धीरे धीरे कहने लगे – "बहन! मुझे क्षमा करो। आप यह सब क्या कहती जा रही हो। मुझे समझ नहीं आ रहा है?"

उक्त महिला ने भी साथ-साथ हाथ जोड़कर कहा -"ब्राह्मण देवता! आप अपने घर जा सकते हैं।"

लोगों को कुछ भी समझ नहीं आ रहा था। पल पल रंग बदल रहा था। एक व्यक्ति पूछ ही लेता है - "बहन! आखिर बात क्या है? कभी तो स्वामी कह रही हो, कभी ब्राह्मण देवता? रहस्य क्या है जरा उन्मोचन करो।"

उस महिला ने बड़ा मार्मिक उत्तर दिया - "देखिए ! समाज मुझे चंडालिन कहता है। क्रोध को भी हमारे शास्त्र में चांडाल कहा गया है। जिस समय क्रोध पंडित जी के सर पर सवार था, वह चांडाल बन गए थे। उसी न्याय से वह मेरे स्वामी हुए। इसीलिए उन्हें घर जाने को मैंने कहा था। पर जब उन्होंने अपनी गलती को स्वीकार कर मुझे बहन का संबोधन किया, मैने भी उन्हें ब्राह्मण देवता कहकर संबोधित किया।"

हमारी संस्कृति में इस वर्ग को महत्तर कहा जाता था। समाज और परिवेश कि स्वच्छता का दायित्व इनके ऊपर था। समाज में आदर की दृष्टि से उन्हें देखा जाता था। काल के विवर्तन से महत्तर लोग मेहंतर में बदल गए और समाज उन को अस्पृश्य मान घृणा की दृष्टि से देखने लगा। पर उस विदुषी महिला की युक्ति ने ब्राह्मण की आंखें खोल दी। उस महिला ने लोगों के सामने ब्राह्मण से पुनः क्षमा मांग कर अपने घर की तरफ प्रस्थान किया।

।। 55 ।।
राजा दशरथ की विनम्रता

भारतीय समाज में विशेष कर उत्तर भारतीय समाज व्यवस्था में हमेशा वधुपक्ष को वरपक्ष की तुलना में सामान्य हेय दृष्टि से देखा जाता है। यह हमारी सभ्यता और संस्कृति की कमजोरी को दर्शाता है। समयानुसार इस मानसिकता का प्रभाव कम ज्यादा हो सकता है। पर यदि मर्यादा की दृष्टि से देखा जाए तो लड़कीवाले लड़केवालों से ज्यादा पूजनीय हैं। महाकाव्य रामायण का एक रोचक प्रसंग।

मिथिला नगरी। रामसीता का विवाह संपन्न हुआ। विदेह जनक बेटी की विदाई जन्य पीड़ा से व्यथित हो रहे थे। उनकी अनासक्ति और स्थितप्रज्ञता भी हार मान रही थी। बेटी की विदाई की वेला में वह अपने आप को नियंत्रित कर नहीं पा रहे थे। ऐसे संवेदनशील क्षण में महाराज दशरथ को हाथ जोड़कर वह कहने लगे – "महाराज ! मैं एक दासी आपके चरणों में समर्पित कर रहा हूं। उसके सभी अपराधों को क्षमा करना। आपको मैं भला क्या दे सकता हूं। मैं किसी भी क्षेत्र में आप से बराबरी नहीं कर सकता। आप वर पिता हैं मैं साधारण कन्या पिता। उदारमना होकर आप मेरी तथा मेरी पुत्री की सभी त्रुटियों को भूल जाएं, यही विनती है।"

महाराज दशरथ प्रत्युत्तर में बोल पडे – "आप सही कह रहे हैं, महाराज जनक! आपकी और हमारी कोई बराबरी नहीं है।"

राजा दशरथ की यह बात सुनकर राजगुरु वशिष्ठ के मुखमंडल

में सामान्य क्रोध के भाव उभर आए। वह सोचने लगे राजा दशरथ को शायद वरपिता होने का घमंड हो गया है। पर अपनी बात को आगे बढ़ाते हुए दशरथ करवद्ध कहते हैं– ''वास्तव में मैं आपकी बराबरी कर ही नहीं सकता। आप दाता हैं। आप हाथ नीचे कर दान देते आए हैं। मैं याचक हूं। मेरे हाथ हमेशा दान लेने के लिए फैले हुए हैं। इसीलिए आप की महानता के समतुल्य होना मेरे लिए सात जन्म में भी संभव नहीं है। मैं आपके प्रति कृतज्ञ हूं।''

इसके बाद दोनों संबंधी एक दूसरे को बाहों में भरकर आलिंगन करते हैं और ब्रह्मर्षी बशिष्ठ का भी भ्रम दूर हो जाता है।

।। 56 ।।

गरीब ब्राह्मण का स्वाभिमान

भारतीय मनीषा जहां अभिमान को वर्जनीय मानती है वहीं स्वाभिमान को सकरात्मक रूप से देखती है। विद्या, ऐश्वर्य, रूप, यौवन, बल अथवा बुद्धि आदि को लेकर बहुतों को अभिमान होता है। इसे समाज का एक स्वाभाविक परिदृश्य कहा जाता है। पर उचित प्रत्युत्तर से कुछ लोग उन दम्भी लोगों का भ्रम दूर कर देते हैं।

माता की पहली श्राद्ध की तिथि आती है। नगर के सबसे बड़े धनी व्यक्ति भोजन के लिए पूरे नगर को आमंत्रित करते हैं। पहले ब्राह्मणों को भोजन कराया जाता है। भोजन के पश्चात मुख्य पुरोहित को वह धनिक अन्य चीजों के साथ एक सोने की चौकी दान में देते हैं। यहां तक तो सब ठीक था, पर दान देने के साथ उनके मन में अहंकार प्रविष्ट हो जाता है। कहने लगते हैं – "पुरोहित जी! जीवन में ऐसे दान देने वाले व्यक्ति को पहले कहीं देखा है क्या?"

ब्राह्मण का सुप्त अभिमान जग जाता है। साथ-साथ अपने जेब से सवा रूपया निकाल कर सोने की चौकी के ऊपर रख देते हैं। कहते हैं– "मैं इसके साथ आपके द्वारा प्रदत्त समस्त सामग्री का परित्याग करता हूं। याद रखिएगा आप के दान से मेरा दान एक रूपया और चार आना अधिक है।"

धनिक के अभिमान और ब्राह्मण के स्वाभिमान का यह सुंदर दृष्टांत मनुष्य को अहं त्यागने के लिए निश्चित ही प्रेरित करेगा।

।। 57 ।।

कौशल क्रोध प्रबंधन का

आज के युग को प्रबंधन या मैनेजमेंट का युग कहा जाता है। समय, वाणी, भावना सभी का सार्थक प्रबंधन करने वाला व्यक्ति ही सफल व्यक्तित्व का अधिकारी हो पाता है। हमारे जीवन में बहुत बार ऐसा कुछ घट जाता है जो हमारे मन के प्रतिकूल होता है। उस समय मन अनायास क्रोध से ग्रसित हो जाता है। मन असंतुष्ट हो जाता है। ऐसी परिस्तिति में बंकिमचंद्र जैसे व्यक्ति से क्रोध संवरण का कौशल सीखा जा सकता है। प्रबंधन गुरुओं को उनके जीवन की इस घटना से बहुत कुछ सीखने को मिलेगा।

एक बार सुप्रसिद्ध बंगला लेखक श्री बंकिम चंद्र चटर्जी किसी गाड़ी की प्रतीक्षा में रेलवे स्टेशन में बैठे हुए थे। रात के 9 से 10 के बीच का समय। साथ में उनकी असाधारण रूप से सुंदर धर्मपत्नी भी गाडी की बाट जोह रही थी। एक युवा रेल कर्मचारी लगातार उनकी पत्नी को निहार रहा था। उनके बेंच के सामने से बिना प्रयोजन के आना जाना लगा रखा था। उसकी मलिन दृष्टि को भली भांति समझते हुए बंकिमचंद्र उसे पास में बुलाते हैं और कहते हैं– “आप बहुत समय से यातायात करके थक गए होंगे! आइए, कुछ समय के लिए बेंच में बैठकर विश्राम लीजिए।”

रेलवे कर्मचारी उनके उद्देश्य को आकलन नहीं कर उनके पास प्रसन्नमना बैठ जाता है। बातों बातों में बंकिम बाबु पूछते हैं– “महीने में

आपको कितनी पगार मिल जाती है?" युवक ने उत्तर दिया – "तीस रूपए।"यह सुन बंकिम बाबु कहते हैं– "मेरी आय महीने में एक हजार रुपए है। उसमें से एक रुपया भी इधर उधर ना कर प्रति माह की पहली तारिख को पूरा पैसा इन देवी के चरणों में रख देता हूं। फिर भी मेरी यह प्रियतमा पूरा महीना कचर कचर लगाए रखती है। महीने का तीस रुपए पगार वाले व्यक्ति के साथ अगर यह भद्र महिला जाने को राजी हैं, तो आप इन्हें बिना संकोच के ले जा सकते हैं।"

वह युवक लज्जित होकर वहां से पलायन करने का मार्ग ढूंढने लगा।

।। 58 ।।

कल्याणमित्र

प्राचीन जैन और बौद्ध ग्रंथों में "कल्याणमित्र" शब्द का बहुल प्रयोग देखने को मिलता है। जो प्रेय को महत्व न देकर श्रेय को महत्व देता है अथवा दूसरों को क्या प्रिय है यह ना सोच कर उनके लिए क्या हितकर है यह सोचता है, वह कल्याण मित्र होते हैं।यह भले ही आपात-भद्र ना भी हो पर निश्चित तौर से परिणाम-भद्र होते हैं। इनकी दृष्टि स्वच्छ, और दोष रहित होती है। एक साधारण प्रसंग।

नगर में एक वैद्य थे। नाडी देखकर रोग पहचानते थे एवं तदनुरूप औषध तथा विधि-निषेध बताते थे। उनके पास गहरा अनुभव था। एक बार दो रोगी एक साथ उनके पास आते हैं। एक को अच्छे से देखने के बाद वह कहते हैं– "तुम्हारे लिए किसी औषधि की आवश्यकता नहीं है। अच्छा पौष्टिक भोजन घी, दूध, मक्खन का प्रचुर मात्रा में सेवन करो। ठीक हो जाओगे।" दूसरे रोगी कि नाडी देख कर कहते हैं– "तुम्हें खाने की मात्रा को कम करना होगा। रसदार भोजन का पूरा परिहार करना होगा। दोनों समय सूखी रोटी और दाल खानी पडेगी।" दूसरा व्यक्ति नाराज होकर कहता है– "वैद्यराज! आप ऐसे पक्षपात क्यों कर रहे हैं? एक जितना खाता है उसमें और सुरुचिकर भोजन बढ़ाने को कहते हैं और मैं जो खाता हूं उसे भी खाने को मना कर रहे हैं। आपके इस अविचार से मुझे बहुत दुख हो रहा है।"

वैद्यराज कहते हैं– "मैं रोग पहचान कर दवाई बताने का कोई

रुपया पैसा नहीं लेता। इसीलिए पक्षपात का प्रश्न ही नहीं है। आवश्यकतानुसार मैं विधि निषेध बताता हूं। तुम्हारा मोटापा संबंधी बीमारी है। शरीर की चर्बी बढ़ कर हृदय गति रुक जाने की आशंका उत्पन्न हो गई है। अत: भोजन में संयम बरतने को कहा गया। प्रथम व्यक्ति में विटामिन और पौष्टिक तत्वों की कमी है। इसीलिए उसे उन गरिष्ठ आहार का सेवन करने को कहा गया। जिससे यह कमी मिट सके। याद रखना मैं हूं कल्याणमित्र वैद्य। तुम्हें क्या प्रिय है मुझे उस से मतलब नहीं। तुम्हारे लिए क्या अच्छा है और हितकर है मैं देख पा रहा हूं और वही उपचार बता रहा हूं।''

।। 59 ।।

आपातभद्र: परिणामभद्र

त्याग और भोग इन दो शब्दों को हमारी संस्कृति में बहु-व्यवहृत शब्दों के रूप में गिना जाता है। प्रारंभ में भोग अच्छा लगता है पर धीरे-धीरे उसकी सरसता खत्म होने लगती है। जीवन में निरसता भर जाती है। अति भोग के द्वारा सुख की संवेदना भी कम होने लगती है। मनुष्य अवसाद से घिरने लगता है। उसका परिणाम भी बहुत निराशाजनक होता है।

त्याग की शक्ति जीवन में अवतरित होने से अनासक्त भाव का विकास होता है। अनुकूल और प्रतिकूल दोनों परिस्थितियों में समभाव रखने का सामर्थ्य प्राप्त होता है। प्रारंभ में त्याग नीरस और कठिन प्रतीत होता है। पर उसका परिणाम भव्य और दिव्य है- यह प्रमाणित है।

परंतु एक गृहस्थ के लिए भोग का संपूर्ण परिहार करना संभव नहीं है। भोग के भीतर त्याग की चेतना को विकसित करने की कला सीखनी होगी। स्वच्छंद, अनियन्त्रित और सीमाहीन भोगों का नियंत्रण और सीमाकरण करने में यदि हम सफल होते हैं तो जीवन सार्थक हो जाएगा। विलास व्यसन में डूबे कई तथाकथित साधु-संन्यासियों के जीवन में त्याग और वैराग्य किंचित मात्रा में भी नहीं रहता। इनकी तुलना में भोगों का सीमाकरण करते हुए अनेक गृहस्थों का आदर्श और महान जीवन से हमारा समाज आज भी समृद्ध है।

आपात भद्र भोग के बदले परिणाम भद्र त्याग प्रतिष्ठित होने से हमारी संस्कृति ऋद्धिमंत होगी।

।। 60 ।।

राम और रावण

महाकाव्य रामायण का चरित्र सदियों से भारतीयों के मन में कर्तव्यपरायणता और नैतिकता का बोध कराते आ रहे हैं। रामानंद सागर द्वारा निर्देशित धारावाहिक रामायण जहां 80 के दशक में लोकप्रियता की सभी हदें पार कर चुका था वहां आज कोरोना लॉक डाउन के दौरान इसके पुनः प्रसारण को भी लोगों ने बहुत पसंद किया। उस समय सड़कें खाली हो जाती थी रविवार को इसके प्रसारण के समय। आज मनोरंजन के नित नए तकनीक के समय भी इस पौराणिक कथा ने सभी वर्ग को बांधकर रखा। ३३ वर्ष पहले का एक रोचक प्रसंग जब रामायण शुरू हुआ था।

इस धारावाहिक में भगवान राम की भूमिका में श्री अरुण गोविल एवं रावण की भूमिका में श्री अरविंद त्रिवेदी ने जबरदस्त अभिनय किया था। एक बार एक कार्यक्रम के सिलसिले में यह दोनों अभिनेता कटक आए हुए रहते हैं। दोनों होटल के डाइनिंग हॉल में खाना खाने पहुंचते हैं। वेज और नॉनवेज दोनों तरह के खाने की एक-एक प्लेट की फरमाइश करते हैं। वेटर खाना लेकर आता है और सभी शाकाहारी व्यंजन अरुण जी की तरफ और चिकन मांसाहारी खाना अरविंद त्रिवेदी की तरफ रख देता है। दोनों एक दूसरे को देख कर मुस्कुराते हैं। अरविंद त्रिवेदी ने अपने लिए परोसा हुआ खाना अरुण गोविल की तरफ और उनके लिए परोसा हुआ खाना अपने तरफ कर लेते हैं। वे वेटर की तरफ देख कर कहते हैं- भाई! अभिनय के समय मैं रावण हूं यह राम हैं, पर खाना खाते समय मैं राम हूं यह रावण है। यह सूनकर अरुण गोविल भी मुस्कुरा देते हैं। कहा जाता है आगे राम का चरित्र निभाते निभाते अरुण गोविल ने भी नशा और मांसाहार का आजीवन त्याग कर दिया था।

।। 61 ।।

इच्छाया आकाश समा अनंता

प्राकृत वांग्मय की एक सूक्ति है – "इच्छाया आकाश समा अनंता।" अर्थात इच्छा आकाश सम अनंत है। उसका आकलन करना संभव नहीं है। ब्रह्मांड के सभी जीवो की आवश्यकताओं की संपूर्ति की जा सकती है। परंतु एक व्यक्ति की भी आकांक्षा की पूर्ती करपाना असंभव हो जाता है।

एक गरीब आदमी बहुत ही दयनीय स्थिति में राजा के पास आता है। कहता है – "राजन! मेरे पास एक बैल है। उसके समकक्ष और एक बैल मिल जाने से सुंदर जोड़ी बन जाएगी। मैं अवस्था प्राप्त हूं। किस समय सांसों का खजाना लूट जाए पता नहीं। कोशिश करके थक चूका हूं। आपकृपा कर वैसे एक बैल का जुगाड़ करने के आदेश दें तो मैं धन्य हो जाऊंगा।"

राजा बड़े ही सहज भाव से कहते हैं – "बस! इतनी सी बात है।" वह और कुछ कहें उससे पहले विद्वान मंत्री कहते हैं – क्षमा करें महाराज! कुछ आश्वासन देने से पूर्व उसके बैल को ठीक से देख लेना उचित रहेगा। "वह आदमी राजा और मंत्री को अपने घर ले गया। घर बहुत साधारण था। बहुत भीतर जानेके बाद उसने जो बैल दिखाया, राजा और मंत्री विस्मयाभिभूत हो गए। उस व्यक्ति ने अपने पुरखों के सभी धनसंपत्ति को बहुमूल्य हीरा, मोती, माणिक में रूपांतरित कर उसी से एक बैल बना रखा था। यह देख राजा और मंत्री अवाक रह गए। राजा ने कहा – "इस बैल के जैसे और एक बैल देना पड़े तो मेरे राज्य की समस्त संपत्ति और विशाल राजकोष भी कम पड़ जाएगा। इतना धन तुम्हारे पास होकर भी तुम संतुष्ट नहीं हो। तुम्हारे तृष्णा को कोटि–कोटि प्रणाम! परंतु दूर से...।"

।। 62 ।।

समर्पण दूर पथिक को

धन का महत्व सदा रहा है। इसके बिना मनुष्य चल नहीं पाएगा। पर भेद यह है कि कोई धन को ही सबकुछ समझ लेते हैं और कोई कोई धन को बहुत कुछ मानते हैं, पर सब कुछ नहीं। अनासक्त रूप से गुणग्राही दृष्टिकोण लेकर अर्थार्जन करते हुए विकास करते रहते हैं।

मौलाना अबुल कलाम आजाद अंतराष्ट्रीय स्तर पर ख्याति प्राप्त विद्वान थे। पवित्र कुरान का उर्दू अनुवाद कर रहे थे। इस्लाम जगत में इसकी बहुत चर्चा चल रही थी। देश–विदेश के अनेक अमीर, बादशाह और नवाब, मौलाना को प्रस्ताव दे रहे थे कि अगर वह इस ग्रंथ को उनके पूर्वजों की स्मृति में समर्पित कर दें तो इस ग्रंथ के प्रकाशन का सभी खर्च वह देगें। मौलाना सभी के प्रस्तावों को शांति से सुन रहे थे।

अनुवाद का कार्य संपन्न हुआ। एक दिन सुबह दरवाजा खोलने पर मौलाना देखते हैं, एक क्लांत पथिक उनके बरामदा में सो रहा है। उसे नींद से उठा कर परिचय पूछते हैं। वह कहता है – "जनाब! मैं सुदूर तुर्की से आया हूं। बहुत गरीब हूं। चल चल कर आया हूं। आप कुरान शरीफ की उर्दू अनुवाद कर रहे हैं यह सुनकर एक ग्रंथ खरीदने को दौड़ आया हूं। मेरे पास कुछ नहीं है। मात्र यह एक रुपया है। इसे आप स्वीकार कीजिए और कृपया एक पवित्र ग्रंथ मुझे प्रदान कीजिए।"

मौलाना कहते हैं – "भैया! पुस्तक का प्रकाशन कार्य अभी चल रहा है। मैं वादा करता हूं तुम्हें एक प्रति अवश्य दूंगा।" उसके बाद उस पथिक को पेट भर भोजन कराते हैं। कुछ दिन बाद पुस्तक प्रेस से आता है। आवरण पृष्ठ पलटने पर सभी इस्लाम जगत यह देखकर स्तब्ध रह जाता है– "सश्रद्ध समर्पण उस दूर पथिक को जो ग्रंथ की आशा में पदयात्रा कर सुदूर तुर्की से हिंदुस्तान आया है।"

।। 63 ।।

अहोसुखं

रुपया, पैसा, सोना, चांदी, हीरा, मोती में ममत्व जागृत होना ही तो परिग्रह है। नहीं तो यह सब सामान वस्तु के रूप में गिने जाते हैं। गृहस्थ जीवन में धन की आवश्यकता को अस्वीकार नहीं किया जा सकता। पर धन को ही सब कुछ समझ लेने से मनुष्य परिग्रही हो जाता है। उपभोग और उपयोग के बीच का भेद समझने के लिए दृष्टि चाहिए। एक सच्चे संन्यासी के लिए अपरिग्रह ही अपरिमित सुख देने वाला होता है।

एक बार एक राजा सम्यक दृष्टि प्राप्त कर प्रवज्या स्वीकार करते हैं। साधुत्व में इतना सुख मिला कि वह रात दिन अहोसुखं अहोसुखं उच्चारण करते रहते हैं। साथी मुनियों के मन में संदेह जात हुआ कि संन्यासी पूर्व राज्य सुख का स्मरण कर अहोसुखं जप रहे हैं। बात आचार्य तक पहुंच जाती है। आचार्य प्रश्न करते हैं- "तुम्हारा मन राजकीय वैभव और सुख में भटक रहा है- ऐसा प्रतीत होता हैं।" संन्यासी उत्तर देते है – "गुरुदेव! मैं पूर्व सुख में नहीं अपितु वर्तमान के सुख में लीन हूं। जब मैं राजा था राज्य की सुरक्षा की चिंता में ठीक से सो नही पाता था। उस समय भोजन करते वक्त कहीं कोई जहर तो नहीं मिला दिया यह शंका बनी रहती थी। आज मैं आश्रम में वृक्ष के नीचे निश्चिंत होकर नींद ले पा रहा हूं। सुबह उठकर स्वयं को संपूर्ण स्वस्थ अनुभव कर रहा हूं। जो सामान्य आहार भिक्षा में मिल रहा है वह पूरी तरह सात्विक और सुपाच्य है। जहर की बात ही मन में नहीं आ रही है। ऐसे और बहुत सुख मुझे वैराग्य से नित्य मिल रहे हैं। इसी कारण मेरे मुख से सर्वदा अहोसुखं- अहोसुखं निकलता रहता है।

।।64।।

तेरा तुझको अर्पण

पश्चिम ओड़िशा के महान साहित्यकार, कवि, वक्ता, मंच अभिनेता, संगायक और जननायक थे स्वर्गत विधु भूषण गुरु। उनका बाह्य व्यक्तित्व जितना मनोहर था अन्तर्व्यक्तित्व उससे अधिक सुंदर था। सबके साथ प्रशांत और प्रशस्त व्यवहार था। इस अंचल के शिक्षा जगत में भी अपने कर्तव्य की अमिट छाप छोड़ कर गए हैं। 1970 में लेखक महाशय ग्यारहवीं बोर्ड की परीक्षा की प्रस्तुति कर रहे थे। उनके कक्षा में आ कर गुरुजी कहते हैं – " बच्चों! परीक्षा में जितने प्रश्नों का उत्तर मांगे गये होगें सभी को पूरा करना है। पहले सरल प्रश्नों का उत्तर लिखना है। बाद में जटिल प्रश्नों का एक भी प्रश्न को छोड़ने की गलती नहीं करना।

कुछ नहीं भी आता हो तो प्रश्न संख्या लिखकर उसका उत्तर लिखने का आंतरिक प्रयास देखकर भी परीक्षक महोदय दो-तीन मार्क दे देते हैं। यह तुम्हारे परिणाम पर असर डाल सकता है। परंतु अगर तुम प्रयास ही ना करो और पूरा छोड़ दो तो सभी संभावनाओं का अंत हो जाता है। इसके बाद एक रोचक उदाहरण से इसे समझाते हैं –

एक ब्राह्मण पैदल गांव जा रहे थे। उनके साथ एक व्यक्ति रसोई का सामान लेकर चल रहा था। रास्ते में एक नदी आती है। मध्याह्न का समय। खाना बनाने की तैयारी हुई। साथ वाला व्यक्ति बोझ हलका करता है। एक टोकरी में लिआ औडिशा का एक खाद्य (लाई, खील) भरा हुआ था। अचानक एक जोर का हवा का झोंका

आया। टोकरी का लिआ सब तरफ उड़ने लगे। ब्राह्मण देवता नें दूर से ही सामग्री को उडते देख अनुमान लगा लिया कि इसे समेटना अब संभव नहीं है। उन्होंने तुरंत एक नया मंत्र जाप प्रारंभ कर दिया – " उड़ने वाला लिआ, ॐ गोविंदाय स्वाहा!" साथी व्यक्ति बोला– " ब्राह्मण देवता! यह लिआ गोविंद को कैसे मिलेगा?" पंडित जी कहते हैं– " यदि भगवान को न मिलता हो तो भी हमारा अतिरिक्त नुकसान नहीं होगा। क्योंकि हमारे हाथ से यह जा चुका है। लेकिन अगर मेरे मंत्र से गोविंद इसे ग्रहण कर लेते हैं तो हमारा शुद्ध लाभ हुआ ना!" वैसे ही हमारे आंतरिक प्रयास को देख निरीक्षक रूपक गोविंद प्रसन्न होकर कुछ नंबर दे भी सकते हैं। लेकिन अगर हम प्रयास ही ना करें तो शुन्य के अलावा कोई विकल्प ही नहीं बचेगा।

।। 65 ।।

दीर्घसूत्री लोभ और संतोष

आधुनिक अर्थशास्त्र की अवधारणा के अनुसार अगर जीवन में संतोष आ जाता है तो प्रगति के सभी द्वार अवरुद्ध हो जाते हैं। परंतु यह तथ्य ऐकांतिक है। संतोष से बड़ा कोई सुख नहीं। आज सात पीढ़ी तक सभी व्यवस्था करने के उपरांत भी मनुष्य को शांति नहीं है। दीर्घसूत्री लालसा के वशीभूत हो कर वह आठवीं पीढ़ी की चिंता में व्याकुल है। भौतिकवाद के इस पश्चिमी जीवनशैली को अध्यात्म उचित मार्गदर्शन प्रदान करता है।

नगर के सबसे धनवान श्रेष्ठी की मृत्यु के बाद उनके इकलौते पुत्र ने मुनीम को बुलाकर पूछा – "मुनीम जी! पिताजी ने कितनी संपत्ति छोड़ी है। मुझे पता नहीं। कृपया आप मुझे हिसाब बताइए।" अनुभवी मुनीम ने कहा- "आपको चिंता करने की कोई आवश्यकता नहीं है। आपके पुत्र, पौत्र, प्रपौत्र आदि सात पीढ़ी भी बैठकर खाएंगे, तो कुछ असुविधा नही होगी।" सात पीढ़ी तक की सुरक्षा का खबर से मालिक बहुत आश्वस्त हो जाएंगे यही सोचा था मुनीम जी ने। पर मालिक के चेहरे पे चिंता की रेखाएं देख मुनीमजी ने कारण पूछा तो श्रेष्ठी कुमार कहते हैं – "उसके बाद यानी आठवीं पीढ़ी का कैसे गुजारा होगा ?"

यह सुन मुनीमजी हताश हो जाते हैं। परंतु वे अनुभवी और परिपक्व व्यक्तित्व के धनी थे। उन्होंने कहा- "कुमार! आपके प्रासाद

से दो किलोमीटर की दूरी पर एक गृहस्थ संन्यासी सपत्नीक रहते हैं। कल उन दोनों के लिए अन्नभोग लेकर आपको वहां जाना है।" कुमार ने स्वीकृति दी। सुबह स्वयं अन्न आदि सामग्री लेकर संत के कुटीर पहुंचते हैं और उसे ग्रहण करने के लिए उन से निवेदन करते हैं। गृहस्थ संत अपने पत्नी को बुलाकर कहते हैं – "देवी! यह धर्मात्मा आज अन्न प्रसाद लेकर आए हैं मैं इसे ग्रहण कर लूं क्या?" भीतर से ही उनकी पत्नी कहती हैं – "स्वामी! आज के लिए तो हमारी खाद्य की व्यवस्था हो रखी है। अनावश्यक क्यों संग्रह करें? आप उन्हें वापस कर दीजिए।" श्रेष्ठी कुमार विनती करते हैं – "महाशय! कृपया रख लीजिए। कल आप के उपयोग में आ जाएगा।" संत कहते हैं – "नहीं भाई! आने वाले कल की चिंता क्यों करना? अनावश्यक परिग्रह से हमारे सद् चिंतन में बाधा आ सकती है। भगवान की करुणा से हमारी कोई असुविधा नहीं है।

आने वाले कल के प्रति उस महात्मा की निस्पृहता देख क्या श्रेष्ठी कुमार अपनी आठवीं पीढ़ी की चिंता से मुक्त हो पाये यह प्रश्न अभी भी अनुत्तरित है।

।। 66 ।।

भरत की अनासक्ति

हमारे पूर्व पुरुषों के मुख से कई बार सुनने में आया है – "राजेश्वरी नरकेश्वरी होती है।" राज्य संचालन करने के लिए ऐसी हिंसा, क्रूरता, कपट और छलना का आश्रय लेना होता है, जिससे शासक का नर्कगामी होना सुनिश्चित कहा जाता है। पर जो जल में रहकर भी कमल के ज्यों अनासक्त होते हैं, वह जितना वर्ष भी राज्य संचालन करें उनके चरित्र में कभी दाग नहीं लग पाता और वह प्रगाढ कर्म बंधन से भी बच जाते हैं। मोक्ष का मार्ग उनके लिए प्रशस्त हो जाता है।

जैन धर्म के प्रथम तीर्थंकर भगवान ऋषभदेव का एक बार अयोध्या पदार्पण हुआ। उनके पुत्र चक्रवर्ती सम्राट भरत राज्य का संचालन करते रहते हैं। भगवान के अमृतमय प्रवचन के बाद एक व्यक्ति प्रश्न करता है – "प्रभु! इस परिषद से निश्चित मुक्तिगामी आत्मा कौन है?" सर्वकालदर्शी भगवान ऋषभ कहते हैं– "इस परिषद में सम्राट भरत ही एकमात्र जीव हैं जो इस भव में मोक्षगामी होंगे।" श्रोता और दर्शकों के मन में संदेह होता है। आपस में कानाफूंसी करने लगते हैं। एक ने कहा – देखो! यहां भी पक्षपात हो रहा है। भगवान भी पुत्र मोह से ग्रसित लग रहे हैं। सम्राट भरत को ही एकमात्र भव्य आत्मा कह रहे हैं।

गुप्तचरों ने यह संवाद सम्राट भरत को दिया। भरत ने उसी क्षण उस व्यक्ति को बुलाया और ऋषभ के विरुद्ध अशालीन मंतव्य देने

के आरोप में मृत्युदंड दिया। वह व्यक्ति डर से कांपने लगा और क्षमा मांगने लगा। भरत कहते हैं– "ठीक है! एक काम कर पाओगे तो तुम्हें जीवनदान मिलेगा। अपने मुख में तेल से लबालब भरे चम्मच रखकर पूरी राजधानी का एक चक्कर लगाना। तुम्हारे साथ तलवार पकड़ के सैनिक रहेंगे। यदि एक बूंद भी तेल नीचे गिरता है तुम्हारा सिर धड़ से अलग कर देंगे।" वह व्यक्ति सामान्य आश्वस्त हुआ। तेल से भरा चम्मच सावधानी से मुंह में लेकर राजधानी का परिक्रमा करने लगा। राजा के निर्देशानुसार मार्ग में अनेक स्थान पर मनोरंजन और सांस्कृतिक कार्यक्रमों का आयोजन चल रहा था। कहीं पर भगवान की भक्ति में सरस संकीर्तन चल रहा था, तो कहीं सुरुचिपूर्ण व्यंजनों का मनमोहक सुगंध मनुष्य की क्षुधा को तीव्रतर कर रहा था।

पर उस व्यक्ति ने जागरुकता से राजधानी की परिक्रमा की और सम्राट भरत के उपपात में पहुंचा। पुनर्जीवन मिलने पर सम्राट ने उसे बधाई दी और पूछा – तुमने रास्ते में क्या क्या देखा? वह व्यक्ति बोला – "मैं मुख में थामे तेल भरे चम्मच के सिवाय कुछ नहीं देख पाया।" रास्ते में हो रही सभी गतिविधियों के प्रति संपूर्ण अनभिज्ञता प्रकट की। इस पर सम्राट भरत ने एक तत्व की बात कही – "अरे भाई! तुम्हें शिक्षा देने के लिए इतना बड़ा आयोजन करना पड़ा। तुम्हें मृत्युदंड देने का मेरा कोई अभिप्राय था ही नहीं। अगर कुछ क्षण के मृत्युदर्शन से तुम संसार के सभी आकर्षणों से विरक्त हो गए, तो मैं प्रतिक्षण मृत्युदर्शन कर रहा हूं। राजभोगजन्य सुख और उसके परिणाम के प्रति मैं अभिज्ञ हूं। इसीलिए स्थितप्रज्ञ होकर अपने कर्तव्य का संपादन करता आया हूं। तो सिर्फ सम्राट होने के कारण मेरा मोक्ष मार्ग असंभव है! यह तुमने कैसे सोचा?"

उस व्यक्ति ने सम्राट भरत के अनासक्ति के सम्मुख मस्तक झुकाते हुए प्रथम तीर्थंकर के प्रति व्यक्त किये संदेह के लिए क्षमा प्रार्थना किया।

।। 67 ।।

उदारता की पराकाष्ठा

पवित्र भूमि भारत में जन्मे यहां के नागरिकों की उदारता, सहिष्णुता दूसरे देशों की अपेक्षा थोड़ा हट कर है। संभवत यहां के ऋषि मुनियों के त्याग और तपस्या नि:सृत वरदान ने यह ऐश्वर्य हमें प्रदान किया है। हमारा यही भाव प्रतिपक्ष को भावविभोर करता आया है।

ब्रिटिश सरकार से सत्ता हस्तांतरण के कुछ दिन पश्चात प्रधानमन्त्री पंडित नेहरू लंदन गए। वहां भारत विरोधी के रूप में विख्यात सर विंस्टन चर्चिल से मिलने उनके निवास स्थान पर पहुंचे। घृणा और पूर्वाग्रह रहित नेहरू जी का आत्मीय व्यवहार देखकर चर्चिल द्रवित हो जाते हैं।

लॉर्ड वावेल ने एक बार लिखा था कि चर्चिल भारत और भारत से संबधित सभी विषय को घृणा करते थे। पर नेहरू उनसे विदाई लेकर जाने के बाद सामने आर.ए बटलर को देख कर चर्चिल कहते है– "देखो, हमने नेहरू को दस साल जेल में रखा। पर उस व्यक्ति के मन में थोड़ी सी भी द्वेष भावना नहीं आयी। ऐसे लग रहा है जैसे उन्होंने घृणा और भय पर विजय पा लिया हो। मेरे लिए इतना उदार होना संभव नहीं है। मैं कभी इतना अच्छा इंसान बन ही नहीं पाऊंगा।"

।। 68 ।।

अवसर का सदुपयोग

जीवन में कभी-कभी ऐसा अवसर आता है जिसका सदुपयोग हो पाए तो व्यक्ति, समाज और राष्ट्र का विशेष मंगल हो जाता है। पर उसके लिए अपने स्वार्थ को गौण करना जरुरी है।

काशी हिंदू विश्वविद्यालय स्थापना का प्रारंभिक समय। विश्वविद्यालय की आत्मा, महामना पंडित मदन मोहन मालवीय के नेतृत्व में एक प्रतिनिधिमंडल कश्मीर नरेश श्री प्रताप सिंह के दरबार में धन संग्रह के लिए पहुंचता है। प्रतिनिधिमंडल में दरभंगा के नरेश भी सम्मिलित थे। उन्होंने विश्वविद्यालय के लिए 50000/- का अनुदान का आश्वासन दे रखा था। कश्मीर नरेश ने आत्मीयता से प्रतिनिधिमंडल का सत्कार किया। उन्होंने कहा- शिष्ट मंडल में दरभंगा नरेश भी आए हैं। परियोजना के प्रति उनकी निश्चित सहानुभूति रही है। वह बहुत उदार और दानी हैं। जितना अनुदान उन्होंने दिया है, मेरे से भी उतना ले लीजिए।

महामना यहां से भी 50 हजार की राशि मिल जायेगी यह सोचा नहीं था। वह प्रसन्न हो जाते हैं। वे कुछ कहते उससे पहले दरभंगा नरेश उनको इशारे से चुप रहने का अनुरोध कर उन्हें एकांत में ले जाते हैं। दरभंगा नरेश को चिंतामग्न देख महामना मालबीय जी कहते हैं – "आप तो 50,000 देने का वचन दे चुके हैं। फिर क्यों परेशान हो रहे हैं?" दरभंगा नरेश कहते हैं- "कश्मीर नरेश ने ऐसा विचित्र शर्त रख के मुझे फिर से चिंतन करने को विवश कर दिया है। मेरी आंतरिक

इच्छा है कि विश्व विद्यालय के लिए ज्यादा से ज्यादा धन संग्रह हो।''
यह सुन मालवीय जी कहते हैं – ''तो आप एक लाख देने की घोषणा
कर दीजिए।'' संपत्ति मोह से बहुत ऊपर उठ चुके दरभंगा नरेश व्यापक
जनहित को देखते हुए अपना चेक बुक मंगाते हैं और एक चेक लिख
अपने पास रख लेते हैं। फिर सब मिलकर कश्मीर नरेश के पास
पहुंचते हैं। कश्मीर नरेश पूछते हैं – विचार विमर्श हो गया? दरभंगा
नरेश उत्तर देते हैं – '' हां महाराज!'' फिर विनम्रता से चेक उनके तरफ
बढ़ा देते है, जिसमें पांच लाख रुपए उल्लिखित था। उन्होंने कहा– ''
महाराज! मैं छोटा आदमी हूं मात्र इतना ही दे पाऊंगा। अब आप भी
अपने कोष से इतनी धनराशी देने का आदेश दीजिए।''

पंडित मालवीय जी सहित शिष्ट मंडल के सभी सदस्य विस्मय
विमुग्ध होकर एक दूसरे को देखने लगते हैं। कश्मीर नरेश अपने शर्त के
अनुसार पांच लाख रुपए देने को बाध्य होते हैं। दरभंगा नरेश की
विद्याप्रेम, दानशीलता और अवसर का लाभ उठाने की निपुणता ने
महामना मालवीयजी को विश्व विद्यालय के लिए विशाल धनराशि का
संग्रह करा दिया।

|| 69 ||

पात्रता

प्राच्य संस्कृति में सत् पात्रता का विशेष महत्व रहा है। अपात्र में दान निष्फल हो जाता है। ज्ञान और आचरण का सम्यक् अनुपालन एक योग्य व्यक्ति ही कर सकता है।

एक गृहस्थ शिष्य, गुरु के पास जाकर शिक्षा दान के लिए निवेदन करता है। इस पर गुरुजी उस युवक की तरफ गंभीर दृष्टिपात करते हैं। बाह्यदृष्टि से नहीं, परंतु अंतर्दृष्टि से उसके आभामंडल का स्पष्ट चित्र देख पाते हैं। युवक का आभामंडल मलिन था। शिक्षा ग्रहण के लिए आवश्यक पात्रता और योग्यता का था घोर अभाव। गुरु मौन हो जाते हैं।

दूसरे दिन उस युवक के घर भिक्षा के लिए पहुंचते हैं। गुरुजी अपना भिक्षा पात्र आगे बढ़ाते है. तो गृहस्थ अपना दानपात्र पीछे हटा लेता है। कहता है आप के पात्र में धूल और मिट्टी भरी हुई है। उसमें स्वादिष्ट खीर डालने से कुछ उपयोग में नहीं आएगा। गुरुजी बाहर जाकर पात्र को साफ करके आते हैं और भिक्षा में खीर ग्रहण करते हैं।

गुरुजी उस युवक को कहते हैं– "अभी समझे! कुछ समय पूर्व तक मेरा पात्र तुम्हारे खीर के योग्य नहीं था। ठीक उसी तरह तुम भी उत्तम ज्ञान पाने योग्य नहीं हो। तुमको अपने अंदर पात्रता उत्पन्न करना होगा। इसके लिए तुम्हारा आभामंडल पवित्र और शुद्ध होना चाहिए। लोभ और अहंकार रूपी दूषित पदार्थों से मुक्त होने पर ही यह संभव है। अंतर्व्यक्तित्व जितना ऋजु और मृदु होगा तुम्हारी योग्यता और पात्रता उतनी बढ़ती जाएगी। इसीलिए पहले अपने आभामंडल को निर्मल करो, फिर मेरे पास आओगे तो आनंद से ज्ञानग्रहण करने में सक्षम हो पाओगे।

।। 70 ।।

निष्पक्ष न्याय

भारतीय न्यायापालिका के विरुद्ध अतिरिक्त सक्रियता एवं समय-समय पर कार्यपालिका और विधायिका के कार्य में अनावश्यक हस्तक्षेप का आरोप लगता आया है। परंतु फिर भी यह सत्य है कि बहुत त्रुटियां होने के बावजूद भारतीय न्यायपालिका आज भी अपनी सटीक न्याय-मीमांसा और विचक्षणता को प्रमाणित कर रही है। यही लोकतंत्र की सफलता है। वोट संबंधी मजबूरी ना होने एवं स्वार्थ से दूर रहने के कारण शायद यह संभव हो पाया है। नहीं तो यह भी भ्रष्ट प्रशासन और अकर्मण्य विधायिका के स्तर तक पहुंच जाती। जहां पर प्रशासक न्याय और कानून को अपनी मुट्ठी में रखने का प्रयास करते हैं, वहां स्थिति दयनीय हो जाती है। कानून और न्याय व्यवस्था की जननी इंग्लैंड की एक घटना।

इंग्लैंड में हेनरी चतुर्थ का शासन चल रहा था और हेनरी पंचम युवराज पद में अभिषिक्त थे। युवराज के एक अभिन्न मित्र किसी अपराध में दोषी साबित होते हैं। मुख्य न्यायाधीश श्री ग्रेसकी युवराज की तरफ से दिये गये सभी तर्कों को अमान्य कर अपराधी को उचित दंड आदेश प्रदान करते हैं। युवराज क्रोध में अदालत पहुंच कर अपने मित्र को छोड़ने के लिए कहते हैं। कानून की गरिमा की ओर ध्यान देकर जज महाशय विनम्रता से कहते हैं- "युवराज! सर्व क्षमता-संपन्न सम्राट हेनरी चतुर्थ के पास आप निवेदन कीजिए, मुक्ति वह दिला सकते हैं मैं नहीं।" जज के उचित परामर्श को ना मानकर युवराज अपराधी को बलपूर्वक छुड़ाने का असफल प्रयास करते हैं। इससे न्यायाधीश दृढ़ता से युवराज को अदालत के बाहर चले जाने का निर्देश

देते हैं। अपमानित युवराज अत्यंत क्रोधित होकर न्यायाधीश के ऊपर ही आक्रमण करने को बढ़ते हैं। पर न्यायाधीश के तेजस्वी मुख मंडल देखकर सहम जाते हैं, साहस नहीं कर पाते। न्यायाधीश आदेश देते हैं- "युवराज! इसी कुर्सी पर बैठ मैं सम्राट के प्रति सम्मान व समर्पण का ही अनुपालन करता हूं। भविष्य में आप सम्राट होंगे तथा जनता के साथ न्याय करने का गुरुतर दायित्व आपके ऊपर आएगा। पर न्याय की मर्यादा रक्षा करने का पाठ आपने अभी तक सीखा ही नहीं है आप की उद्दंडता और अदालत की अवमानना के अपराध में आपको एक सप्ताह का कारादंड का आदेश देता हूं।"

युवराज ने अपने आप को संभाला। क्रोधाविष्ट होकर अपने द्वारा हुये अनुचित कार्य के प्रति क्षमा प्रार्थना किया। वे बिना प्रतिवाद के जेल भी चले जाते हैं। सम्राट ने जब पूरा वृतांत सुना तो आनंदित होकर कहते हैं- "संविधान की सुरक्षा और कानून की मर्यादा रक्षा करने वाले ऐसे न्यायाधीश जिस राष्ट्र में हैं वह राष्ट्र अत्यंत भाग्यशाली है। मर्यादा उल्लंघन करने के अपराध में जिस राज्य के राजकुमार जेलदंड को सहर्ष स्वीकार कर लेते हैं, उस राज्य के राजा परम सौभाग्यशाली हैं।"

।। 71 ।।

परोपकार

अपने स्वार्थ को गौण कर जहां दूसरों का हित चिंतन किया जाता है वहां पर सामुदायिक चेतना देदीप्यमान रहता है। संगठन सुदृढ़ होता है। समूह के कल्याण में व्यक्ति का कल्याण छिपा हुआ है। "मेरा जीवन चाहे नर्क में पडा रहे, जगत का उद्धार हो" भीम भोई का यह चिंतन सबके लिए संभव नहीं है। "सर्वे भवंतु सुखिनः" इसी मंत्र में आत्महित भी सन्निहित है।

मराठा सेनापति पेशवा बाजीराव मालवा प्रदेश पर आक्रमण करते हैं। विजयश्री वरण करते हैं। प्रत्यावर्तन करते समय मार्ग में खाद्यान्न का संकट उत्पन्न हो गया। सेनापति ने अधिकारियों को आदेश दिया जैसे भी करके अन्न की व्यवस्था की जाए। पर अन्न मिलेगा कहां? उन्मादित सैन्य वाहिनी नें शस्यक्षेत्रों को जलाकर खाक जो कर दिया था। इसीलिए तो युद्ध को भयंकर अभिशाप कहा जाता है। पर गहरी छानवीन के बाद युद्ध की विभीषिका से मुक्त कुछ खेत दिखे। वहां पर एक वृद्ध व्यक्ति को देख अधिकारी ने पूछा – यहां खाद्य शस्य किस खेत से मिलेगा?

वृद्ध ने कहा– "मेरे साथ आइए।" अधिकारी उनके पीछे पीछे जाते हैं। कुछ दूर चलने के बाद पके शस्य से भरपूर एक खेत को देख अधिकारी प्रसन्न हो कहते हैं– "यहां से तो पर्याप्त शस्य मिल जाएगा।" वृद्ध ने कहा – "नहीं यहां से नहीं, आगे चलिए।" कुछ दूरी पर दूसरा खेत आने पर वृद्ध व्यक्ति ने कहा– यहां से आप जितना इच्छा ले जा सकते हैं।

अधिकारी पूछते हैं– "इससे पूर्व जो खेत था वहां इससे भी अधिक धान था। फिर आप हमें इतना दूर और क्यों ले आए?" वृद्ध व्यक्ति ने बड़ी मासूमियत से कहा – "आप ठीक कह रहे हैं, लेकिन यह खेत मेरा है। दूसरों के खेत को नुकसान पहुंचाने की बात मैं कैसे कह सकता हूं?"

सब विस्मित होकर एक दूसरे को देखने लगते हैं। एक तो यह नीतिनिष्ठ वृद्ध, और एक हम आक्रांता, लुटेरे।

संसार में ऐसे व्यक्ति भी हैं– विश्वास नहीं होता! शायद धरती इनकी पुण्याई से टिकी हुई है।

।। 72 ।।

रूढ़िवादिता

आज के वैज्ञानिक युग में भी बहुत सारे रूढ़ियां समाज में प्रचलित हैं। इन रूढ़ियों की तत्कालीन उपयोगिता रही होगी, लेकिन जिस परंपरा या प्रणाली की आवश्यकता और उपयोगिता खत्म हो गयी हो उसे व्यर्थ में जकड़े रहना फायदेमंद नही है। अर्थहीन परंपरा को छोड़ ना पाना ही रुढी कहा जाता है। दहेज, मृत्युभोज आदि का प्रचलन पहले रहा होगा, पर वर्तमान समय में इनकी कोई प्रासंगिकता नहीं है। केवल आग्रहवश इनका पालन करना उचित नहीं है।

विवाह कार्य चल रहा था। वेदी के चारों तरफ वर-वधू परिक्रमा कर रहे थे। पंडित वेद मंत्र का उच्चारण कर रहे थे। उसी वक्त एक बिल्ली का बच्चा बारंबार कुंड के पास आकर उछल कूद करने लगा। पंडितजी परेशान होकर बिल्ली के ऊपर एक टोकरी ढक देते हैं। दूल्हेपक्ष के मुखिया यह सब देख रहे थे। वह सोचे शायद उनके परिवार की कोई प्रथा रही होगी। उसके बाद उस परिवार में जब भी कोई विवाह होता, कहीं से भी बिल्ली पकड़ कर उसके ऊपर टोकरी न ढकने तक विवाह कार्य असंपूर्ण समझा जाने लगा। यह परंपरा सौ वर्षो से ऊपर तक पीढ़ी दर पीढ़ी चलती रही।

इस प्रकार के रुढिवादी आग्रहवृत्ति का त्याग करना क्या उचित नहीं होगा?

।। 73 ।।

हाथों का पलटना

स्वार्थजन्य मोह–राग से यदाकदा परिवार टूटता आया है। अति रागात्मक दृष्टि का परिणाम, पारिवारिक संबंधों में कटुता भर देता है।

एक प्रेरक प्रसंग:

दो भाई का परिवार साथ में रह रहा था।

विनय और वात्सल्य के प्राचुर्य से इस परिवार में हंसी खुशी व्याप्त थी। एक रसोई में मिलकर दोनों देवरानी जेठानी खाना बनाकर सबको प्रसन्न रखने का प्रयत्न कर रहे थे।

मनभेद के सभी प्रसंगों को छोड़कर मतभेद को भी सहमति में बदल देते थे। लेकिन एक बार एक छोटी सी घटना से मन में दीवार उत्पन्न हो जाता है।

गर्मी का महीना था। बड़ा भाई आम खरीद कर घर लाते हैं। सामने दोनों भाइयों के दो सम-वय लड़के खेल रहे थे। बड़े भाई ने दोनों हाथों से दो आम निकाला। संयोगवश छोटे भाई के पुत्र के हाथ के तरफ बड़ा आम और अपने पुत्र के तरफ छोटा आम निकला। पता नहीं क्यों बड़े भाई के मन में थोड़ी मलिनता आ गई। अपने पुत्र और भाई के पुत्र में एक भेदरेखा खींच गई। उन्होंने हाथों को पलट कर कैंची बना लिया और बड़ा आम वाला हाथ अपने पुत्र के तरफ और छोटा आम वाला हाथ भाई के पुत्र की तरफ बढ़ा दिया। बच्चे तो कुछ समझ नहीं

पाए, आम लेकर हंसते हुए चले गए। पर छोटे भाई ने दूर से यह दृश्य देख लिया। शाम को खाना खाते समय छोटे भाई ने आकस्मिक रूप से प्रस्ताव दिया – "भाई! अभी हमारा बंटवारा हो जाना चाहिए।" छोटे भाई से अकल्पित प्रस्ताव सुन बड़ा भाई आश्चर्य होकर पूछता है – "अरे! ऐसा क्यों कह रहा है?" छोटा भाई कहता है– "भैया! सामान्य आम जैसे पदार्थ के लिए यदि हमारे हाथ कैंची बन सकते हैं, तो यह राग विराग की भावना भविष्य में हमारे स्नेह सौहार्द को पूरी तरह नष्ट कर सकती है। अत: मेरा मानना है अब अलग होने में ही सार है।"

बड़े भाई को अपनी स्वार्थ चेतना का एहसास होता है। वह अनुताप करते हुए छोटे भाई के प्रस्ताव की दुखी मन से स्वीकार कर लेता है।

।। 74 ।।

तेन त्यक्तेन भुंजिथा

उपनिषद में है "तेन त्यक्तेन भुंजिथा"। साम्यवाद और समाजवाद के सिद्धांतों में समृद्धि के हिमालय के साथ दरिद्रता के गहरे समुद्र की अवस्थिति को नकारा गया है। समता का संपूर्ण अवतरण समाज में ना होने से भी, एक तो प्रतिदिन छप्पन भोग का सेवन करे और दूसरा अनाहार रह के पेट में गीला कपड़ा रखकर भूख मिटाए– यह विषमता समाज के लिए अभिशाप है। इसके लिए प्रशासन की महत्वपूर्ण भूमिका के साथ साथ प्रत्येक मनुष्य के विवेक का जागृत होना भी आवश्यक है। यह नहीं हो पाएगा तो समाज में हिंसा फैलेगी। इसी संदर्भ में पच्चीस सौ वर्ष पुरानी एक सत्य घटना।

मगध सम्राट प्रसेनजित को अपने सौ पुत्रों में से अपना उत्तराधिकारी का चयन करना था। पूर्व घोषित कार्यक्रम के अनुसार सुबह से राज प्रसाद में गणमान्य प्रबुद्ध व्यक्तियों का आगमन हो रहा था। आज मगध को अपना युवराज मिल जाएगा। सम्राट प्रसेनजित ने एक विराट प्रकोष्ठ में सभी राजपुत्रों के लिए दिवाहार की व्यवस्था की हुई थी। सभी राजकुमार वहां पहुंचते हैं। उनके सामने स्वादिष्ट व्यंजनों से भरा थाल रख दिया जाता है। जैसे ही सब खाने को उद्यत होते हैं, अचानक चारों और से खूंखार शिकारी कुत्तों का आक्रमण होता है। सम्राट ऊपर बैठकर परिस्थिति पर पैनी नजर रखे हुए थे।

निन्यानवे राजकुमार मृत्यु के भय से भोजन छोड़ वहां से

पलायन कर जाते हैं। सिर्फ राजकुमार श्रेणिक भोजन करने में मग्न हो जाते हैं। कोई कुत्ता पास आता तो भाइयों के छोडी हुई थालियों में से एक एक करके उनके तरफ सरका देते। ऐसा करके उन्होंने अपना भोजन संपन्न किया और शिकारी कुत्तों ने भी कोई उपद्रव नहीं किया।

प्रसेनजित परिषद में पंहुचते हैं। सभी राजकुमारों को भोजन के संबंध में प्रश्न करते हैं। निन्यानबे राजकुमारों का क्रोध फूट पड़ता है। वह कहते हैं–

"राजकुमारों का भोजन चल रहा था, परंतु आप के कर्मचारियों का प्रमाद देखिए! वहां चारों ओर से शिकारी कुत्ते घुस आए। इन सभी को नौकरी से निकाल देना चाहिए।"

सम्राट कहते हैं– "शांत होकर आप लोग पहले बैठ जाइए।" श्रेणिक को जब पूछा गया, उन्होंने आनंद के साथ भोजन समापन का वृतांत वर्णन किया। सम्राट प्रसेनजित ने कहा

– "आवेश के द्वारा समस्या का समाधान संभव नहीं है। भय से समस्या और बढ़ जाता है। परिस्थिति को अपने नियंत्रण में करने का कौशल जो जानता है एवं सभी के भूख प्यास के प्रति जो ध्यान देता है, वही मगध का भावी सम्राट होने के योग्य है।"

।। 75 ।।

सरल समस्या : भयंकर समाधान

समस्यओं से घिरा हुआ है समाज। किसी भी समय का समाज समस्या से सर्वथा मुक्त हो नहीं सकता। समस्या उत्पन्न ही न हो, यह समाज विज्ञान के विशेषज्ञों के लिए भी संभव नहीं है। शायद भगवान भी ऐसी प्रतिश्रुति नहीं दे पाएंगे। अगर समस्या उत्पन्न होते ही उसका समाधान कर दिया जाए तो समाज स्वस्थ रह सकता है। आजकल बिना प्रयोजन समस्याओं को विकराल रूप दे दिया जा रहा है। साधारण दवाई मात्र से जिस बीमारी का उपचार संभव है उसके लिए जटिल अस्त्रोपचार के साथ सघन चिकित्सा केंद्रों की जरूरत पड़ रही है। एक मार्मिक व्यंग देखिए–

एक रोगी सर्दी–खांसी से आक्रांत होकर चिकित्सक के पास जाता है। दवाई देने को कहता है। चिकित्सक महाशय कहते हैं– "मैं साधारण सर्दी बुखार का ईलाज नहीं करता। निमोनिया होने से आजाना। मेरे पास उसका रामबाण दवाई है।" रोगी कहता है – "मुझे निमोनिया तो हुआ नहीं है। मैं क्या करूं? बहुत तकलीफ हो रही है। कृपया मुझे दवाई बताइए।" चिकित्सक कहता है– "देखो! अभी पौष का महीना है। बहुत ठंडी हवाएं चल रही है। रात 3:00 बजे उठना। गांव के तालाब में जाकर 3-4 डूबकी लगा लेना। निमोनिया निश्चित हो जाएगा। फिर मेरे पास आना। मैं तुम्हारा सटीक उपचार कर दूंगा।"

वर्तमान समाज इसी मानसिकता का शिकार है। जिससे समस्याएं जटिल बन रहे हैं। समाधान का मार्ग दुष्कर किया जा रहा है। जिससे सरल समस्याएं जटिल बना दी जा रही है। बाद में उनके समाधान हेतु कठोर प्रयत्न करना पडता है।

।। 76 ।।

निस्पृहता

आज का युग आत्मप्रशंसा का युग है। किसी के प्रति किया गया थोड़े से उपकार के बदले कई गुना ज्यादा प्रचार फिर उसकी प्रशंसा सुनकर आत्मतुष्टि की अनुभूति होती है। लेकिन ईश्वर चंद्र विद्यासागर एक ऐसे समाजसेवी थे जिन्होंने नाम के लिए कभी काम नहीं किया।

एक बार प्रात:भ्रमण करते समय ईश्वर चंद्र विद्यासागर जी ने रास्ते में एक दु:खी आदमी को रोते हुए देखा। उन्होंने उस व्यक्ति से रोने का कारण पूछा। उसने कहा – "आप मेरी क्या सहायता करेंगे ? बड़े बड़े धनकुबेर के यहां से मैं खाली हाथ लौटा हूं।" तब विद्यासागर जी ने कहा – "जहां तलवार से काम नहीं बनता एक छोटी सुई भी काम कर देती है। छोटे बड़े का प्रश्न नहीं है। आप अपनी पीड़ा बताइए, मैं उसे दूर करने का यथाशक्ति प्रयत्न करूंगा।" इस तरह से आश्वासन पाकर उस व्यक्ति ने कहा – मेरे पास संपत्ति के नाम से मेरे पुरखों का एक मकान है। उस मकान की कल नीलामी होने वाली है। क्या करूं ? परिवार को लेकर कहां जाऊं ? यह प्रश्न मुझे परेशान कर रहा है। पुरखों का नाम भी मिट्टी में मिल जाएगा। यह सुनकर विद्यासागर जी ने कहा आप अपना पता मुझे दे दीजिए। मुझसे जो भी बन पाएगा मैं अवश्य करूंगा।

उस व्यक्ति का नाम, केस नंबर, आदि लेकर विद्यासागर दूसरे दिन कोर्ट जाते हैं और बकाया 2300 रुपया जमा करवा देते हैं। इधर वो व्यक्ति दिनभर भय और आशंका से परेशान बैठा रहता है कि कब कोर्ट का आदेश आ जाए ? लेकिन कोर्ट से कुछ खबर ना आने पर वह

पूछताछ करने के लिए कोर्ट जाता है और यह जान कर आश्चर्य हो जाता है कि किसी ने उसका कर्ज चुका दिया। उसे समझते देर नहीं लगी यह वह प्रात: काल मिले व्यक्ति ही है। वह उनको ढूंढने लगता है। एक दिन संयोगवश उनसे साक्षात्कार हो जाता है और वह उनके चरणों में गिर जाता है। वह कहने लगता है – "आपके इस उपकार के बदले देने के लिए मेरे पास कुछ नहीं है। आप महान है।" तब विद्यासागर जी कहते हैं– "अगर तुम सही में इस उपकार का ऋण चुकाना चाहते हो तो मेरा एक अनुरोध स्वीकार करो, इस प्रसंग का जिक्र किसी के सामने नहीं करना उसी को मैं तुम्हारा आभार मानूंगा।" विद्यासागर जी के इस निस्पृह व्यवहार से वह व्यक्ति गदगद हो जाता है उसका डोलता विश्वास पुन: मानवता में स्थिर हो जाता है और जीवन के कड़वे अनुभवों को भूलने लगता है।

|| 77 ||

साधक की मानसिक विक्षिप्तता

लोभ और परिग्रह साधक को पथच्युत कर देता है। उपासना और साधना दोनों दिशा में वह असफल हो जाता है। एक साथ दो नाव में पांव देने वाला व्यक्ति आखिर में डूब ही जाता है।

गुरु और शिष्य समीपस्थ गांव की ओर जा रहे थे। मार्ग में शिष्य कहता है – "गुरुदेव! ज्ञान विज्ञान में मन नहीं लग रहा है, कि भजन कीर्तन भी अच्छा नहीं लग रहा है। मन प्राय: विक्षिप्त रहता है। कृपा कर मेरा कल्याण कीजिए।" अनुसंधान से गुरु जान पाते हैं कि शिष्य के पास एक सौ स्वर्ण मुद्राएं हैं। इसी संपत्ति का आश्रय लेकर वह प्रतिदिन नए नए योजनाओं का निर्माण करता रहता है। लोभवृत्ति की अतिरेक से उसकी दिवा–शांति और रात्रि–विश्राम बाधित हो रहा था। गुरु, शिष्य की समस्याओं के मूल में पहुंच जाते है। आसक्त चेतना से शिष्य का साधना पथ विच्युत हुआ है– यह बात उनके समझ में आ जाती है। अगले दिन दूसरे गांव में पहुंचकर शिष्य शौच क्रिया के संपादन के लिए बाहर जाता है। स्वर्ण मुद्रा वाली पोटली को गुरु जी कुएं में फेंक कर अपने स्थान में पूर्ववत् बैठ जाते हैं। शौच क्रिया से निवृत होकर शिष्य अपनी पोटली न पाकर बहुत चिंतित हो जाता है। वह गुरु जी से इस विषय में पूछता है। गुरु जी कहते हैं– "बेटा! मन को विभ्रांत करने वाली माया को मैंने कुएं में फेंक दिया। अभी तुम एकाग्र चित्त हो परमात्मा के साथ तादात्म्य स्थापित कर पाओगे। साधना से सिद्धि प्राप्ति का लक्ष्य अगर तुमने निर्धारित किया है, तुम्हें अहंकार और ममकार का त्याग करना पडेगा।" शिष्य समाहित हो गया। अब वह अपने जीवन को ऊंचा उठाने की दिशा में विशेष मनोनिवेश करने लगता है।

।। 78 ।।

विश्वास

समाज आज अविश्वास और असहिष्णुता के प्रहार से क्षत-विक्षत है। एक दूसरे को विश्वास करना धीरे धीरे स्वप्न बनता जा रहा है। सहअस्तित्व की भावना सिमटकर असहिष्णुता का एक छत्र राज देखने को मिल रहा है। ऐसी परिस्थिति में समाज, राष्ट्र और विश्व के भविष्य को सुरक्षित रखना एक बड़ी समस्या के रूप में उभर रहा है।

महान दार्शनिक कम्फ्यूशियस को प्रश्न किया गया- "राष्ट्र के संचालन में कौन-कौन से तत्व आवश्यक हैं?" वे कहते हैं- "शस्त्र, अन्न और विश्वास। शत्रु से सुरक्षा के लिए शस्त्र, जीवन धारण के लिए अन्न और जीने के लिए विश्वास।"

फिर प्रश्न किया गया- इन तीनों में से एक को छोड़ना पड़े तो किस को छोड़ना चाहिए? कन्फ्यूशियस कहते हैं- "शस्त्र को छोड़ा जा सकता है क्योंकि इसकी आवश्यकता बाकी दोनों से कम है।"

अन्न और विश्वास में से किस को छोड़ने से मानव को अल्प नुकसान होगा?

इस प्रश्न के उत्तर में महान दार्शनिक कहते हैं- "अन्न को छोड़ने से मनुष्य कुछ दिन जीवित रह सकता है पर विश्वास को एक क्षण के लिए भी त्याग नहीं सकते क्योंकि अगर ऐसा होता है तो मनुष्य का अस्तित्व ही मिट जाएगा।"

विश्वास का महत्व बहुत ज्यादा है। इसको अगर अमरत्व दे पाएं तो विश्व सबके लिए कल्याणकारी बन जाए।

।। 79 ।।

उद्दीपन उपशांत कलह का

बीती हुए बातों को भूलने और दूसरों के दोषों को क्षमा करने से ही परिवार में शांत सहवास संभव हो पाता है। दबे हुए, भूले बिसरे प्रसंगों को हवा देकर फिर से उज्जीवित करने से भयंकर अनर्थ हो जाता है।

एक श्रेष्ठी अपने घर में बैठ भोजन कर रहे थे। मध्यान्ह का सूर्य किरण उनके मुख मंडल में पड़ता देख उनकी धर्मपत्नी अपने साड़ी का आंचल फैला कर उन्हें धूप से बचाने का प्रयास करती हैं। धर्मपत्नी द्वारा साड़ी के पल्लू से सुरक्षा प्रदान करते देख श्रेष्ठी के अधर पर एक रहस्यमयी स्मित मुस्कान उभर आती है। रसोई के अंदर से पुत्रवधू ने इसे देख लिया। रात्रि में वह अपने पति को सब बातें बता कर पिताजी की रहस्यमयी हंसी का कारण जानना चाहती है। पति कहते हैं – "पिताजी क्यों हंसे, इससे हमें क्या?" परंतु पत्नी के जिद के आगे हार मानकर वह पिताजी से कारण पूछता है। पिताजी कहते हैं – "इसमें दिमाग मत लगाओ, क्योंकि मैं विनाशकारी अनागत को स्पष्ट देख पा रहा हूं।" इस बात ने पुत्र वधू की जिज्ञासा को और तीव्र कर दिया। बहू की जिद् के सामने ससूर जी मजबूर हो गये। बोलने लगे- तुम मान नहीं रही हो। अतीत के एक प्रसंग का स्मरण कर उस दिन मुझे हंसी आ गई। बात उस समय की है जब हम विकट गरीबी भोग रहे थे। तब हम पति पत्नी दो ही प्राणी थे। भूख के साथ कलह भी रोज रहने लगा था। एक दिन मैं घर के सामने वाले कुएं से पानी भर रहा था। उसी समय

तीव्र आवेश में आकर तुम्हारी सासू मां ने मुझे कुएं के भीतर धकेल दिया। मैं सीधा कुएं के अंदर गिरा। मेरे भाग्य से कुछ लोगों ने यह देखकर मुझे बाहर निकाला। मैं बच गया। समय के साथ मेरी परिस्थिति और भाग्य भी बदल जाता है। आज मैं करोड़पति हूं। उस दिन एक समय की रोटी के लिए मुझे संघर्ष करना पड़ रहा था। आज मेरी पत्नी का व्यवहार भी पूरा बदल गया है। मेरे ऊपर थोड़ी सी धूप भी वह सह नहीं पा रही है। काल के इस विवर्तन को देख मुझे हंसी आ गई थी।"

सास के विरोध में यह गूढ रहस्य रूपक ब्रह्मास्त्र प्राप्त कर बहू उचित अवसर की प्रतीक्षा करने लगी। एक दिन किसी बात पर सास अप्रसन्न होने से वह गुस्से में कहती है – "मुझे समझाने की कोई आवश्यकता नहीं। मैं अपने पिता के घर से संस्कार लेकर आई हूं। पति को कुएं में धकेलने की परंपरा मेरे पीहर में नहीं है। प्रत्येक परिस्थिति में पति के साथ खुशी से रहने की शिक्षा मुझे दी गई है। अपना अतीत को न भूलते हुए आप चुप ही रहें तो अच्छा होगा।" श्रेष्ठी पत्नी बहू के इस अतर्कित आक्रमण से स्तब्ध हो जाती है। अतीत की वह लज्जाजनक घटना विस्मृति के कोष से बाहर निकल उसे डसने लगी। बहू को कैसे पता चला? इसकी व्यंग बाण से मर्माहत होकर श्रेष्ठी पत्नी कुएं में गिर आत्महत्या कर लेती है। श्रेष्ठी ने अपनी प्रियतमा पत्नी के वियोग के लिए स्वयं को जिम्मेदार ठहराया और जहर खाकर आत्महत्या कर लिया। माता-पिता के दुःखद मृत्यु से पुत्र भी अपना संतुलन खो देता है। वह भी जहर खाकर अपने जीवन का अंत कर देता है। पूरे परिवार का इस प्रकार अंत देखकर पुत्र बधू अपराध बोध से जर्जरित होकर फांसी लगाकर अपनी जीवन लीला समाप्त कर लेती है।

विस्मृति के गर्भ में लीन अप्रिय प्रसंग या उपशांत कलह को अनावश्यक प्रज्ज्वलित करने का परिणाम देखा आपने!

।। 80 ।।

क्रोधं मा कुरु

बुद्धि का विकास एवं चेतना के उर्ध्वारोहण के लिए सैद्धांतिक शिक्षा की जितनी आवश्यकता है उससे ज्यादा प्रायोगिक प्रशिक्षण की उपयोगिता रहती है। अगर शिक्षा को प्रयोग में ना लाया जाए तो वह रूढ और अव्यवहारिक हो जाती है। प्रयोग विहीन सिद्धांत से आजीविका चलाने में संभवतः बाधा न भी आए परंतु जीवन निर्माण में प्रयोगधर्मिता अत्यन्त उपादेय है।

गुरु द्रोण की पाठशाला। दूसरों के साथ पांडव और कौरव भ्राता गण भी शिक्षा ग्रहण कर रहे थे। एक दिन द्रोणाचार्य ने सभी को एक सूक्त कंठस्थ करने को कहा – "क्रोधं मा कुरु।" दूसरे दिन परीक्षा की तो पता चला राजकुमार युधिष्ठिर को छोड़कर बाकी सभी ने कंठस्थ करलिया है। उनको गुरुजी ने एक और दिन का समय दिया। अगले दिन पूछने पर पुनः युधिष्ठिर ने अपनी असमर्थता प्रकट की। गुरुदेव ने भीषण क्रोध में आकर युधिष्ठिर के गाल में एक थप्पड़ जड दिया। कुछ समय बाद युधिष्ठिर ने विनम्रता से कहा – "क्षमा कीजिए गुरुदेव! वर्तमान में वह सूक्ति को ठीक से स्मरण कर पा रहा हूं।" द्रोणाचार्य ने विस्मयाभिभूत पूछा –"बात क्या है? इतनी जल्दी कैसे संभव हो पाया?" युधिष्ठिर ने गंभीर होकर कहा – "गुरुदेव! आपने जिन तीन शब्दों को कँठस्थ करने का आदेश दिया था, मैंने उसी क्षण कर लिया था। परंतु इन शब्दों को अपने जीवन में प्रयोग करने के अवसर की अपेक्षा में था। जब आपका थप्पड़ भी मुझे क्रोधित ना कर सका तब मैंने यथार्थ रूप से उन शब्दों को स्मरण कर लिया।"

शब्द और अर्थ का तादात्म्य जीवन में उतर आए तो हमारा भविष्य ऋद्धिमंत हो जाता है तथा हम नये इतिहास का निर्माण कर देते है।

।। 81 ।।

सामाजिक सचेतनता का अभाव

हम भारतीयों की मनोवृत्ति कुछ ऐसी हो गई कि हम हर छोटे – बड़े कार्य के लिए सरकार के ऊपर निर्भर रहते है और सरकार को ही जिम्मेदार मानते है। एक छोटा सा व्यक्तिगत त्याग भी करना पड़े तो हम तैयार नहीं हैं। अपरिमित सामर्थ्य के रहते हुए भी असहाय बनना हमारी आदत हो गई है। इसके लिए सामाजिक सचेतनता का अभाव और संकीर्ण मनोवृत्ति दोनों जिम्मेदार हैं। लेकिन गुजरात और राजस्थान में इसका कुछ व्यतिक्रम देखने को मिलते हैं। लेखक (श्री तुलसी जैन) के खुद के अनुभव से एक घटना प्रसंग है –

राजस्थान प्रदेश का एक छोटा सा गांव है मोमासर। एक साहित्य संगोष्ठी में भाग लेने के लिए लेखक वहां उपस्थित थे। संगोष्ठी में अचानक बालिका उच्च विद्यालय के प्रधान शिक्षक जोशी जी खड़े होते हैं और कहने लगते हैं – "कुछ दिन पहले मैं इस क्षेत्र के एक जाने-माने व्यक्ति श्री उत्तम चंद्र के यहां गया था। सुबह का समय था। उन्होंने मुझे आदर के साथ चाय नाश्ता के लिए आमंत्रित किया। मैंने कहा – अगर आप मेरी समस्या का समाधान कर देते हैं तो मैं अवश्य आपका आतिथ्य स्वीकार कर लूंगा। श्री उत्तम चंद्र जी पूछते है – "मास्टर जी कितने रूपयों में आपके विद्यालय का काम बन जाएगा ?" मैंने कहा – Rs. 50000 रुपया। उन्होंने कहा – "ठीक है आपका काम हो गया समझिए, अब आप आराम से चाय नाश्ता कीजिए।" इतना कह कर जोशी ने बड़े ही नाटकीय रूप से अपने पहने हुए कमीज को झोली की

तरह फैलाते हुए कहने लगते है – "आज मैं फिर से भीख मांगने के लिए खड़ा हूं। इस सदन में नगर के बड़े-बड़े धनी मानी व्यक्ति उपस्थित हैं। बालिका विद्यालय जीर्ण-शीर्ण अवस्था में है। किसी भी समय हादसा हो सकता है। दीवार वगैरह ढह जाने से किसी छात्रा की जान तक जा सकती है। इसकी मरम्मत की सख्त आवश्यकता है। कितना खर्च आएगा मुझे नहीं पता। पर अगर यह कार्य हम नहीं कर पाए तो कल कोई अनहोनी होने पर निश्चित ही हम सब अपराध बोध से ग्रसित हो जाएंगे।"

सगोष्ठी में अनेक वित्तशाली लोग मौजूद थे। वह कुछ बोलें उससे पहले ही पीछे बैठे हुए एक साधारण से व्यक्ति (संभवत: वह धनी भी हो सकते हैं) खड़े हो जाते हैं और कहने लगते हैं– बैठ जाइए मास्टर जी, कल से मेरे कारीगर और मजदूर जाकर विद्यालय भवन के मरम्मत का कार्य करेंगे। खर्च जितना भी आए आप कोई चिंता न करें।

लेखक कहते हैं– वह यह देख कर विस्मित हो गए। वहां के लोग सरकारी भवनों का रखरखाव के लिए भी सरकार की निंदा-आलोचना करने की अपेक्षा स्वंय यह दायित्व अपना लेते हैं। अगर यही सोच और जिम्मेदारी की भावना हम सब अपना लें तो हमारे राष्ट्र का विकास अवश्यंभावी है।

।। 82 ।।

आश्वास निधि

भारतीय संयुक्त परिवार की व्यवस्था में संकीर्णता का अनुप्रवेश एवं पति पत्नी तथा उनके दो बच्चों को ही स्वर्ग समझने की मनोवृत्ति देख मन पीड़ा से भर जाता है। एक वरिष्ठ साहित्यकार कई यूरोपीय राष्ट्रों का दौरा कर वापस आकर लिखते है – "इस धरती पर नर्क का साक्षातकार करना है तो अमुक अमुक देश के वृद्धाश्रम में एक बार घूम आइए। प्रत्यक्ष नर्क का दर्शन हो जाएगा।" समृद्धशाली देश के सरकार वृद्धों के लिए पर्याप्त व्यवस्था करती होगी यह विचार स्वाभाविक है। परंतु जीवन के उत्तरार्ध में खाद्यपेय और आवास कपडे के अतिरिक्त थोड़ी संवेदनशीलता और आत्मीयता की भी आवश्यकता होती है। सहयोग करने के लिए बढते हाथों को देखने की इच्छा होती है। विदेश के उस वृद्धाश्रम में रह रहे बुजूर्गों की आंखों की शून्यता उनकी असहायता और हताशा को प्रगाढ कर रही थी। वहां हर हप्ते दो निर्धारित दिनों में डॉक्टर आकर शरीर की जांच करके आवश्यक दवाई पानी दे जाते हैं। पर बाकी पांच दिन कोई कुशलक्षेम पूछने वाला नहीं। कोई मर भी जाए तो निर्धारित दिन ही शव का दाह संस्कार हो पाता है। वह भी म्युनसिपालिटि के कर्मचारियों के द्वारा। वहां कुबेर जैसे धनवान को भी पानी एक गिलास देने वाला कोई नहीं। नर्क भोग और किसे कहेंगे? जीवन में सरसता, स्नेह के सिंचन से ही आती है। पहले जमाने में इसका अभाव नहीं था। हमारी शिक्षा प्रणाली में धन को अतिरिक्त प्राधान्य देने के कारण हो या जीवन में व्यस्तता बढ़ने के कारण आज के युवा वर्ग ने अपनी पूर्व पीढ़ी को अपनेपन से वंचित कर दिया है। मैं, मेरी और मेरे (पत्नी और बच्चे) के दायरे से उपर उठ कर सोच को प्रसारित करना –युग की मांग है। समय रहते अगर सावधान ना होंगे तो हमारी कालजयी संस्कृति क्षत–विक्षत हो जाएगी। हम भी अपने जीवन के अपराह्न में अपराध बोध से पीड़ित होंगे यह निश्चित है।

।।83।।

दारिद्र्यं नमस्तुभ्यं

भारत में एक सर्वे के अनुसार आने वाले कुछ वर्षों में ग्यारह लाख लोग करोड़पति हो जाएंगे। परंतु 125 करोड़ की जनसंख्या वाली इस विशाल राष्ट्र में कितने करोड़ लोग प्रतिदिन पेट भर भोजन भी नहीं कर पा रहे हैं इसकी सर्वे अभी तक कोई भी संस्थान पूरा नहीं कर पाई है। यह हमारे भाग्य की विडंबना नहीं तो और क्या है?

एक निर्धन कवि ने दरिद्रता को भी कोटि नमस्कार किया है। दरिद्रता कहती है– "भैया, मुझे नमस्कार करके क्या मिलेगा? किसी समृद्धशाली व्यक्ति के सामने नत होगे तो कुछ तो उपकार होगा।" कवि ने कहा – "बंधु तुमने मुझे सिद्ध बना दिया। इसलिए मैं तुम्हें नमस्कार कर रहा हूं।" दारिद्रय ने विस्मय भाव से पूछा – "आप क्या कहना चाहते हैं। मैं समझ नहीं पाया।" इस पर कवि ने मार्मिक उत्तर दिया – "सिद्ध या परमात्मा सब को देख पाते हैं। पर कोई संसारी व्यक्ति उन्हें देख नहीं पाता। वैसे मैं उन सबको देख रहा हूं। कुछ मिलने की आस से उनको निहार रहा हूं। पर किसी एक की दृष्टि भी मेरे ऊपर नहीं पड़ रही है। उनके लिए जैसे मैं संपूर्ण अदृश्य हूं। तुमने तो मुझे सिद्धासन पर स्थित कर दिया। मुझे सर्वदर्शी बना दिया। इसीलिए मैं तुम्हें प्रणाम कर रहा हूं।"

अभियोग की कितनी सुंदर अभिव्यक्ति। इसे हम दारिद्रय का महिमामंडन कतई ना सोचें।

।। 84 ।।

बड़ा कौन

आचरण–शून्य ज्ञान और ज्ञान–शून्य आचरण दोनों ही व्यक्ति को मूल्यहीन और दोषयुक्त बनाते हैं। ज्ञान और आचरण के मध्य अगर यथार्थ समन्वय रहता है तो बनता है व्यक्तित्व पूर्णांग और समाज परिपुष्ट। फिर भी ज्ञान से आचरण का स्थान थोड़ा ऊपर है। यह इस कहानी से पता चलता है।

राजपुरोहित प्रकांड विद्वान थे। राजा और समस्त राज्यधिकारियों के मन में उनके प्रति विशेष सम्मानभाव था। एक बार राजपुरोहित के मन में जिज्ञासा उभरी ज्ञान और आचरण में बड़ा कौन? उन्होने इस बात की परीक्षा करने का निर्णय लिया। उन्होंने राजकोष से एक बहुमूल्य हीरा (पिछले हप्ते ही रखा गया था) अपने साथ ले गए। कोषाध्यक्ष यह सब अपनी आंखों से देख रहे थे। परंतु राजपुरोहित के पद की मर्यादा को देखते हुए चुप रहते हैं। दूसरे दिन महाराज स्वयं राजकोष परिदर्शन हेतु आए। उस हीरे को अपने स्थान पर नहीं पाकर उन्होंने अधिकारियो से पूछताछ की। उन्हें पता चला कि कल राज पुरोहित कोषागार से वह हीरा अपने साथ लेकर गए हैं।

कोषागार से आकर राज्यसभा में राजा ने अपना आसन ग्रहण किया। राजपुरोहित जब आये राजा ने उनका अभिवादन नहीं किया। राजा के मुख मंडल से घृणा मिश्रित क्रोध साफ झलक रहा था। राजा के व्यवहार को देख अन्य राज्य अधिकारी भी राजपुरोहित को यथोचित सम्मान नहीं देते हैं। राजा ने कठोर शब्दों में राजपुरोहित से हीरे के बारे

में पूछा। राजपुरोहित सहसा खड़े हो गए और अपने जेब से हीरा निकालकर राजा को दे दिया। यह देखकर आश्चर्यचकित होकर राजा ने पूछा – "अगर लौटाना ही था तो ले क्यों गये थे ?" राजपुरोहित कहने लगे – "राजन! मेरे मन में एक प्रश्न उठा कि ज्ञान बडा या आचरण ? इसका प्रयोगात्मक परीक्षण करने का मन हुआ। मुझे ज्ञानी और पंडित मान समग्र राज्य और राज परिषद मेरा सम्मान करता है। लेकिन राजकोष से हीरा चोरी करने के कारण मेरा आचरण घृण्य और पतित प्रमाणित हो गया। ज्ञान और पांडित्य अभी भी मेरे पास सुरक्षित है। परंतु आचरण के अभाव के कारण मैं अपना सम्मान खोने के साथ दंड पाने योग्य विवेचित हो गया। इससे यह प्रमाणित हो गया सदाचरण ज्ञान से कहीं अधिक सम्माननीय है। इस निष्कर्ष को सामाजिक और शास्त्रीय मान्यता भी प्राप्त है। कारण आचार प्रभवो धर्म: ।"

महाराज और पूरे परिषद ने राजपुरोहित के इस प्रयोग को आंतरिक स्वीकृति प्रदान करने के साथ-साथ उनके सिद्धांत से एकमत होने की घोषणा करते हैं तथा उन्हें फिर से विपुल सम्मान देने लगते हैं।

|| 85 ||

प्रतिक्रिया विरति

किसी भी बात की त्वरित प्रतिक्रिया कलह और अशांति उत्पन्न करती है। उस परिस्थिति में सामान्य धैर्य या अल्पकालीन मौन वातावरण को स्वस्थ रखने में सहयोग करता है।

श्रेष्ठी की लाडली बेटी माता पिता के लाड प्यार पाकर बिगड़ जाती है। बहुत मुश्किल से सुयोग्य पात्र ढूंढ पिता उसका विवाह कर देते हैं। किंतु अपनी उद्दंडता और रुक्षता की वजह से ससुराल में किसी का भी प्रियभाजन नहीं बनपाई। कोई एक बात कहता तो वह दश बातें सुनाती। वह समय आज के जैसा नहीं था। संबंध विच्छेद की बात करना तो दूर कोई सोच भी नहीं सकता था। एक बार शादी होने के बाद उसे आजीवन निभाना तत्कालीन समाज के लिए आदर्श था। एक दिन लड़की का भाई उसके ससुराल आता है। बहन की सास से कहता है – "मौसी जी! बहुत दिन हो गया बहन घर नहीं आई है। मां–पिताजी का बहुत मन है उसे देखने का। मेरे साथ उसे जाने की अनुमति दीजिए।" कुछ दिनों के लिए बहू से छुटकारा मिलेगा, यह सोचकर सासू मां ने तुरंत हां कर दी। शाम को ही उन्होंने सब व्यवस्था कर बहू को भेज दिया। पिता ने बड़े प्रेम से बेटी को पास में बिठाकर उसका हालचाल पूछा। ससुर के बारे में पूछने पर उत्तर मिला वह तो साक्षात राक्षस हैं। सासू माँ को डायन, ननंद को चुड़ैल और परिदेव को साक्षात यम कहकर अपने भाग्य को कोसने लगी। बेटी ने आगे कहा – "ऐसे लोगों के पास भेजने की अपेक्षा मेरा जन्म होते ही गला घोट के मार दिया होता पिताजी!"

पिता सब बात समझ गए। समधी के परिवार में किसीका दोष नहीं है। सब कसूर इस लड़की का ही है। कुछ दिनों बाद उन्होंने एक दवाई की बोतल बेटी को देते हुए कहा – ''बेटी मैं तुझे यह चमत्कारिक दवा दे रहा हूं। इसके विधिवत प्रयोग से तुम्हारा घर स्वर्ग बन जाएगा। बेटी ने बड़े उत्सुकता से सब सुना। पिता ने साफ जल का एक बोतल लेकर मंत्रोच्चार से अभिमंत्रित करने का अभिनय किया और बेटी को दे दिया। दवाई सेवन की विधि के रूप में कहते है – अगर कोई वहां तुम्हारे मन के प्रतिकूल बात करे तो तुम तुरंत इस बोतल से चार चम्मच दवाई अपने मुँह मे ले लेना। लेकिन सावधान! अगले 15 मिनट तक उसे निगलना नहीं। मुंह में ही रखे रहना। इसके बाद यह असर दिखाना शुरू करेगा।''

भाई उसे ले जाकर ससुराल में छोड आता है। उसको देखकर सब भयभीत हो जाते है। उस दिन किसी कारणवश सासू माँ ने कुछ अप्रिय शब्द कहे। इस पर प्रतिक्रिया ना कर बहू ने तुरंत दवाई के चार चम्मच मुंह में ले लिया।15 मिनट तक सासू जी को उल्टा सीधा सुनाने का अवसर नहीं मिला। दवाई निगलने के बाद उसका आवेश भी कम हो गया था। अत: उसने प्रत्युत्तर देना उचित नहीं समझा। इस प्रकार अनेक उद्दीपक प्रसंगों पर बहू की धैर्य और सहनशीलता देख सब आश्चर्य करने लगे। सभी ने उसे यथोचित सम्मान और प्रेम देना प्रारंभ कर दिया। कोई कुछ कह भी देता तो सासु मां उसके तरफदारी कर सामने वाले पर गुस्सा करती। दो –तीन महीना बाद भाई पुन: बहन को लेने आता है। ससुर जी कहते हैं– ''बाबू इतनी जल्दी हम गृहलक्ष्मी को कैसे भेज पाएंगे ? उसके जाने से हम सब असहाय हो जाएंगे। हमारा पूरा सार संभाल तुम्हारी बहन ही करती है। घर की चाबी भी हमने उसे सौंप दिया है।'' पर भाई का अत्याधिक आग्रह देख बेमन से ससुराल वालों ने बहु को भेजा। मायके पहुंचते ही पिता ने प्रेम से उसके सिर पर हाथ फेरा। वह कुछ पूछते उससे पहले ही बेटी कहने लगी – ''पिताजी!

आपकी अभिमंत्रित दवाई ने चमत्कार कर दिया। मेरा घर स्वर्ग बन गया है।'' पिता ने ससुर के बारे में पूछा तो उसने कहा – ''आप से भी ज्यादा स्नेह देते हैं ससुर जी। सासू मां तो मां से भी प्यारी है। ननद देवर सब मेरे भाई बहन से भी ज्यादा अच्छे हैं। मेरे स्वामी तो साक्षात परमेश्वर हैं। यहां से कहीं अधिक सुख मुझे वहां मिलता है पिताजी।''

कहने का अर्थ है प्रतिक्रिया से दूर होकर और वाणी संयम के अभ्यास के द्वारा नर्क को भी स्वर्ग में बदला जा सकता है।

।। 86 ।।

भ्रष्टाचार की पद्धति

महामात्य चाणक्य ने प्रसंगवश कहा था – "सुई के छिद्र में से ऊंट निकल सकता है, पर एक राजकर्मचारी रिश्वत न ले यह संभव नहीं।" परंतु हम ईमानदार कर्मचारियों की उपस्थिति को नकार नहीं सकते। उनकी संख्या अवश्य कम है। व्यापक नैतिकता के स्थान पर व्यतिक्रम रूप से यह कुछ एक जगह दिखाई पडते हैं। कर्मचारियों का अनावश्यक जमधट भी भ्रष्टाचार को बढ़ाता है। प्रस्तुत है– इसका एक उदाहरण।

राजा ने प्रश्न किया – "महामंत्री मैं इतना विकास मूलक कार्यक्रम कर रहा हूं। फिर भी उसका समुचित फायदा समाज तक नहीं पहुंच पा रहा है। कारण क्या है?"

महामंत्री ने उत्तर देने के लिए कुछ समय मांगा। एक सप्ताह बाद राजसभा में मंत्री ने सभी सभासदों को एक पंक्ति में खड़ा किया। राजा आकर अपना आसन ग्रहण करते हैं, तब मंत्री ने उन्हें आधा किलो का एक बरफ का टुकड़ा दिखाया। फिर पंक्ति के आखिरी में खड़े कर्मचारी को वह बर्फ का टुकड़ा पकडाते हुए आगे से आगे बढ़ाने को कहते हैं। इस प्रकार वह बर्फ का टुकड़ा सबके हाथों से गूजरते हुए जब राजा के पास पहुंचता है, उसका वजन मात्र 50 ग्राम ही रह जाता है।

मंत्री कहते है – यही है भ्रष्टाचार का खेला। आवश्यकता से अधिक कर्मचारी प्रशासन को कार्यकुशल नहीं करते अपितु समाज के हित को बाधित करते हैं।

राजा को अपने प्रश्न का यथार्थ समाधान मिल गया।

।। 87 ।।

भाई की थाली में घी

पारिवारिक वैमनस्य कई बार भाई भाई के मन में दरार पैदा कर देता है। पर वह स्थायी नहीं रहता। भाई के हृदय में कहीं किसी कोने में भाई के प्रति स्नेह और अनुराग अवश्य रहता है।

छोटा सा गांव। वहां दो भाई आपस में बड़े प्रेम से रहते थे। एक बार कोई प्रसंग को लेकर दोनों भाइयों में कलह हुआ। बातचीत, आना जाना सब बंद हो गया। एक दिन बड़े भाई के यहां कोई उत्सव का आयोजन हो रहा था। गांव के प्राय सभी लोगें को निमंत्रण दिया गया। पर स्त्री और पुत्रों की भावना देख छोटे भाई को न्योता नहीं दिया। बिना निमंत्रण के ही छोटा भाई वहां पँहुच गया। बड़े भाई की पत्नी ने कहा – " यह यहां क्यों आए हैं?" बड़े भाई ने कहा – "अरे! मैं क्या कर सकता हूं। बिना निमंत्रण के ही आ गया। अभी तुम चुप रहो। इतने लोगों के सामने तमाशा मत करो।" पत्नी ने कहा – "ठीक है पर दूसरों की थाली में तुम जितना चाहो घी डाल सकते हो, लेकिन ध्यान रखना इस की थाली में एक बूंद भी घी नहीं जाना चाहिए।" खाना पीना चल रहा था। सबको खिचड़ी परोसी गयी। बड़े भाई घी का कटोरा और चम्मच लेकर सबके थाली में दो दो चम्मच घी डालते जा रहे थे। पर अचानक छोटे भाई के पास आते ही उनका पांव फिसल गया। कटोरे का पूरा घी छोटे भाई की थाली में गिर गया। सब लोग देख रहे थे। वहां उपस्थित एक विज्ञ व्यक्ति अचानक बोल उठे– "अरे जितना भी मनमुटाव क्यों ना हो, घी अगर गिरेगा तो भाई के थाली में ही जाएगा। इसमें आश्चर्य होने का कोई बात है ही नहीं। यदि बड़े भाई अन्य किसी के पास ठोकर खाते और घी दूसरे की थाली में जाता आश्चर्य की बात तो वह होती।"

यही तो है भारतीय पारिवारिक जीवन की मधुरता और स्निग्धता।

।। 88 ।।

शराब बनाम अनैतिकता

सामाजिक मूल्यबोध में भ्रांति के अनुप्रवेश का प्रस्तुत है यथार्थ चित्रण।

व्यक्ति के जीवन में नैतिकता और सदाचार को लाने के उद्देश्य से आचार्य श्री तुलसी ने अणुव्रत आंदोलन का सूत्रपात किया। इसी लक्ष्य से उत्तर प्रदेश में वह पदयात्रा कर रहे थे। औद्योगिक नगरी कानपुर में प्रवास चल रहा था। शाम का समय। एक सेवानिवृत सेना अधिकारी आकर आचार्य से वार्तालाप कर रहे थे। उसी समय आचार्य श्री के एक अनुयायी ने उनके कान में धीरे से कहा – "आप किस से बात करके समय नष्ट कर रहे है! यह एक कुख्यात शराबी है।" आचार्य श्री तुलसी ने उनकी बातों पर ध्यान न देकर वार्तालाप जारी रखा। दैनंदिन जीवन व्यवहार की बात चलने पर उस अधिकारी ने सरलता से मद्यपान करना स्वीकार किया। आचार्य श्री से प्रेरणा पाकर भविष्य में शराब को न छूने का दृढसंकल्प भी स्वीकार कर लिया।

उस अधिकारी के जाने के बाद आचार्य श्री ने अपने जैन अनुयायी को बुलाया और उनके जीवन चर्या की जानकारी ली। उनके कानों में फुसफुस करने वाले व्यक्ति से पूछा – "तुम अपने व्यवसाय में माप तोल में ठगी तो नहीं करते होगे? विशुद्ध पदार्थ में अपमिश्रण नहीं करते हो न?" उसने कहा – "गुरुदेव अगर व्यवसाय में यह सब ना करें तो अर्थ उपार्जन कैसे कर पाएंगे?" उसने अपनी बात को सही साबित करने के बहुत कोशिश की। आचार्य श्री ने जब उन्हें अनैतिक

आचरण न करने का संकल्प लेने को कहा उन्होंने व्यवसाय में प्रमाणिकता रक्षा कर पाने में अपनी असमर्थता प्रकट की एवं व्रत को स्वीकार करने से स्पष्ट मना कर दिया। इस पर आचार्य तुलसी ने कहा – "जो शराबी अपना गलत अभ्यास छोड़ सकता है इसके साथ मेरा बात करना अनुचित! पर तुम लोग प्रतिदिन बेईमानी करते हुए भी मेरे श्रेष्ठ भक्त होने का नाटक कर रहे हो यह उचित! अपने वृत्ति में अनैतिकता या प्रतारणा मद्यपान से कम दोषावह नहीं है।" अर्थ उपार्जन की यह प्रबल लालसा समाज की बहुत क्षति कर देती है।

।। 89 ।।

दूज का चांद

विकास और ह्रास सृष्टि का नियम है। पर ह्रास किसी को भी काम्य नहीं है। विकास ही सभी का लक्ष्य है। अविकसित व्यक्ति और समाज हमेशा अभिशप्त होता है। विकासशील राष्ट्र विकसित होने के लिए निरंतर उद्यमरत रहते हैं। चंद्रकला के विकास और ह्रास को लेकर निम्नोक्त प्रसंग को विचार करें तो स्वीकार करना पड़ेगा कि हमारी चिंतन की गति उर्ध्वमुखी होनी चाहिए।

एक बार भारत के एक राजा ने अपने श्रेष्ठ कर्मचारी को चीन के सम्राट के पास दूत बना कर भेजा। एक जटिल समस्या का समाधान के लिए पड़ोसी राष्ट्र से सहयोग लेना उनका अभिप्राय था। साधारणतः सभी राजदूत व्यवहार कुशल और वाकपटु होते हैं। कथित कर्मचारी चीन के राज दरबार पहुंचकर चीन सम्राट के अभिवादन करने के प्रसंग में उन्हें पूर्णिमा का चांद और भारत के राजा को दूज के चांद रूप में वर्णन किया। चीन सम्राट दूत के बाक् चातुर्य से प्रसन्न हो उनके आगमन के अभिप्राय को पूरा करते हैं और उन्हें अनेकों उपहार देकर विदा करते हैं। राजदूत के उपरोक्त वर्णन के विरोध में उनके विरोधी कुछ छिद्रान्वेषी लोग इधर राजा के कान भर देते हैं। दूत जब स्वदेश पहुंचकर राजा के सम्मुख आते हैं राजा भीषण क्रोध में रहते हैं। कर्मचारी ने भक्ति के साथ अपना अपराध जानना चाहा तो राजा कहते हैं– तुमने चीन राज दरबार में अपने देश और राजा का अपमान किया है। चीन के राजा को पूर्णिमा का चांद और मुझे दूज का चांद कहा। इस पर राजदूत विनम्रता के साथ स्पष्टीकरण देते हुए कहते हैं– अन्नदाता! दूज का चांद क्रमशः विकास करता है। पर पूर्णिमा का चांद ह्रासोन्मुख रहता है। मैने परोक्ष में आप का गुणगान किया है और आप की मंगल कामना की है। राजा ने बात समझ कर कर्मचारी के वाणी कौशल से प्रभावित हो उन्हें बहुत पारितोषिक देकर सम्मानित किया।

।। 90 ।।

दु:ख का मूल: ममत्व

मनुष्य के अहंकार और ममकार शाश्वत दुख का कारण बनते हैं। जन्म मृत्यु की श्रृंखला इससे उज्जीवित रहती है। जहां अहंकार मानव को निष्ठुर और निर्मम बनाता है वहीं ममत्व की चेतना जागृत होने पर मानसिक वेदना से ग्रस्त हो मर्मांतक दु:ख भोगता है। प्रस्तुत है– श्रमण संस्कृति का एक सुंदर प्रसंग।

12 वर्ष का एक बालक अपने साथियों के परिहास से दुखी होकर अपने पिता की खोज में घर से निकलता है। उसके पिता अर्थार्जन के उद्देश्य से परदेश गए हुए होते हैं। बालक की मां ने कई नौकर चाकर के साथ पुत्र को विदा किया। इधर पुत्र निकलता है पिता की तलाश में और आश्चर्यजनक रूप से उधर पिता भी घर वापस आने को निकल पड़ते हैं। दोनों एक दूसरे को पहचानते नहीं थे। संयोगवश एक रात दोनों का प्रवास एक ही धर्मशाला में होता है। अचानक रात को बालक के पेट में भयंकर दर्द उठा और वह पीड़ा से कराह उठा। जोर से चित्कार करने लगा। पास के कमरे में ठहरे धनवान व्यक्ति (उसी के पिता) के नींद में व्याघात हुआ। वह अपने नौकरों को बालक को चुप कराने के लिए भेजते हैं। उनके नौकरों ने बालक के परिचारकों को उसे चुप कराने का आदेश दिया, पर वह बच्चा भीषण दर्द से परेशान हो चिल्लाए जा रहा था। धन के गर्व से उन्मत्त सृष्टी के आदेश से धर्मशाला के मैनेजर ने आधीरात को उस बालक तथा उसके लोगों को धर्मशाला

से बाहर निकाल दिया। सुबह उठ कर सेठ के मन में बालक के विषय में जानने कि इच्छा हुई। उन्होंने अपने परिचारक को धर्मशाला के कार्यालय भेजा। पता चला कि वे बालक ने रातको असहनीय वेदना से प्राण त्याग दिया। बालक के गांव के बारे में पता करने पर मालूम हुआ श्रेष्ठी के गांव का ही था। उसके बाद किसका पुत्र यह प्रश्न के उत्तर मैं श्रेष्ठी का ही नाम लिया गया। इससे वह धनवान व्यक्ति स्वयं आकर पूरा पूछताछ करते हैं। जब जानते हैं यह उनका ही पुत्र था तो पूरा दृश्य ही बदल जाता है। विलाप करने लगते हैं। दूसरे की संतान सोच जो व्यक्ति उसकी मृत्यु का कारण बना था, अपनी संतान की ममत्व की अनुभूति ने उसे शोक विह्वल कर दिया। बालक की चिकित्सा का उपयुक्त व्यवस्था या सहयोग करके जहां वह अपना मानवीय कर्तव्य का निर्वहन कर पाते, वहीं दूसरी ओर अपनी संतान को भी ऐसे न खोना पडता।

जरा सोचिए विस्तीर्ण अहंकार और संकीर्ण ममकार व्यक्ति के दुख का कारण है कि नहीं?

|| 91 ||

परिचित - अपरिचित

अपने बाह्य व्यक्तित्व से जो सम्मान व्यक्ति को मिलता है वह क्षणिक और प्रभावहीन होता है। अंतरंग व्यक्तित्व ही मनुष्य को चिर आदरणीय और ग्रहणीय बना सकता है। स्वामी विवेकानंद इसीलिए पाश्चात्य सभ्यता के लिए कहते थे- तुम्हारी सभ्यता को हेयर ड्रेसिंग और टेलरिंग दुकान तय करते हैं, हमारी प्राच्य संस्कृति आंतरिक वैभव से ऋद्धिमंत है। पर पश्चिमी देशों में भी ऐसे अनेक महापुरुष हुए हैं जिन्होंने आदर्श जीवन जिया है।

संयुक्त राज्य अमेरिका के हेनरी फोर्ड, ऑटोमोबाइल क्षेत्र में एक चर्चित नाम है। अजस्र संपत्ति के मालिक हो कर भी सादा जीवन जीते थे। एक बार उनके पुराने कोट को देख उनके सेक्रेटरी कहते हैं- "सर! आने वाले सप्ताह में वाशिंगटन में आपका एक महत्वपूर्ण बैठक है। एक नया कोट सिलवाएं तो अच्छा होगा।" फोर्ड कहते हैं- "देखो अमेरिका में सभी मुझे हैनरी फोर्ड के नाम से जानते हैं। नया कोट से मुझे और क्या ज्यादा पहचान मिल सकता है तुम्हारे हिसाब से?" सेक्रेटरी चुप हो जाते हैं। कुछ दिनों बाद फिर एक विशेष कार्यक्रम के लिए फोर्ड का ब्रिटेन जाना तय हुआ। इस बार सेक्रेटरी ने फिर अनुरोध किया नया कोट लाने के लिए। फोर्ड ने हंसते हुए कहा- "अरे भाई ब्रिटेन में मुझे हेनरी फोर्ड के नाम से कोई नहीं पहचानता। इसलिए नया कोट पहन भी लूं तो उनके ऊपर कोई प्रभाव नहीं पडेगा।" यह सुन बेचारे सेक्रेटरी असहाय होकर उन्हें देखने लगते हैं।

।। 92 ।।

अपूर्णांग शिक्षापद्धति

स्वाधीनोत्तर भारत की शिक्षा पद्धति को लेकर समय-समय पर अनेक वितर्क उत्पन्न होते आए हैं। लॉर्ड मैकाले की शिक्षा नीति की विफलता भारतीय शिक्षाविदों ने समझा है, पर एक विकल्प प्रस्तुत कर पाने में सफल नहीं हुए हैं। राजनीतिक हस्तक्षेप, प्रशासनिक असमर्थता, तथा शिक्षा जगत की जड़ता एक सर्वांगिण शिक्षापद्धति दे पाने में बाधक बने हुए हैं। आज मस्तिष्क को स्पंदित करने के साथ-साथ ह्रदय को आलोकित करने वाली तथा जीवन की प्राथमिक आवश्यकता को शून्यांक में पहुंचाने वाली शिक्षा प्रणाली को स्वीकृति मिलनी चाहिए। प्रसन्नता का विषय है कि सन् 2020 में प्रसिद्ध वैज्ञानिक प्रो.कस्तुरीरंगन के नेतृत्व में देश में new education policy लागू कर दी गयी है, जो कि अत्यंत प्रभावशाली, उपादेय और निर्विवादीय सिद्ध होने जा रही है।

प्रस्तुत है तन, मन, मस्तिष्क और ह्रदय पर यथार्थ दृष्टि देते हुए भारतीय शिक्षा पद्धति को सर्वांगीण बनाने हेतु सचेतन करता लगभग ६ दशक नीचे की एक घटना। दिल्ली विश्वविद्यालय में एक संगोष्ठी चल रही थी। विषय रखा गया था- "आज की शिक्षा पद्धति सही या गलत।" विश्वविद्यालय अनुदान आयोग के तत्कालीन अध्यक्ष डॉ डी.एस, कोठरी की अध्यक्षता में प्रोफेसर यशपाल जैसे वरिष्ठ शिक्षाविद् परिचर्चा में शामिल थे। मंच पर नैतिकता के क्षेत्र में सघन कार्य कर रहे अणुव्रत आंदोलन के प्रवर्तक आचार्य श्री तुलसी सम्मानित अतिथि के रूप में मंचासीन थे। मौजूद शिक्षाविदों में कुछ आज की शिक्षा पद्धति को सही कहने के पक्ष में तर्क दे रहे थे। पर अधिकांश विज्ञ व्यक्ति शिक्षा प्रणाली का दोष ही बखान कर रहे थे।

आलोचना चक्र में एक मधुर विवाद उत्पन्न होने लगा। डिसकसन डिबेट का रूप लेने लगा। ऐसी गरमागरम परिस्थिति में डॉक्टर कोठारी ने आचार्य तुलसी को अपने विचारों की अभिव्यक्ति के लिए आमंत्रित किया। आचार्य तुलसी ने कहा "लगता है, आज के आलोचना चक्र के विषय का सम्यक् निर्धारण नही किया गया है।"

प्रोफेसर यशपाल ने सामान्य नाराजगी दिखाते हुए कहा– "आप ऐसे कैसे कह सकते हैं?" आचार्य तुलसी ने कहा– "यदि आज की शिक्षा पद्धति संपूर्ण गलत होती तो आज इतने बड़े बड़े डॉक्टर, इंजीनियर, अध्यापक, वकील, सी.ए, वैज्ञानिक कैसे बन पाते। किंतु यदि शिक्षा पद्धति एकदम सही होती तो एक डॉक्टर अपने रोगी को धोखा नहीं देता। एक इंजीनियर लालच में आ कर घटिया स्तर का मैटेरियल निर्माण कार्य में क्यों लगाता? एक अध्यापक बच्चों के निर्माण में ध्यान न देकर अपनी वेतन के पीछे क्यों भागता रहता? एक सफल वैज्ञानिक गहन अवसादग्रस्त होकर आत्महत्या क्यों करता? एक उद्योगपति अपने कर्मचारियों के श्रम और पसीने का शोषण क्यों करता? इसलिए सांप्रतिक शिक्षा प्रणाली को सही या गलत कह देना काफी नहीं है।"

संगोष्ठी में गहरी खामोशी छा गई। सभी ने समाधान की आशा से आचार्य श्री की ओर देखा। आचार्य श्री तुलसी ने आगे कहा– आज की शिक्षा पद्धति अपूर्णांग है। बुद्धि और बल के विकास के लिए मस्तिष्क के बाएँ पटल (left hemisphere of the brain) को पर्याप्त अवसर मिला है, पर भावनात्मक विकास के लिए उद्दिष्ट दाहिने पटल को पूरी तरह उपेक्षित कर दिया गया है। इसके परिणाम स्वरूप हमारे भीतर संवेदनाओं का स्त्रोत सूखता जा रहा है। हमारे पड़ोसी या भाई का परिवार चाहे ३ दिनों से अनाहार से तड़प रहे हों, हम छप्पन भोग खाने में थोड़ा भी संकोच नहीं कर रहे हैं। अगर ज्ञान वृद्धि के साथ कोमल संवेदना उत्पन्न कर पाने का सामर्थ्य शिक्षा प्रणाली में आ जाए तो व्यक्ति, समाज और राष्ट्र स्वस्थ और समृद्ध हो पाएंगे।

तलियों की गड़गड़ाहट से विशाल परिषद ने महामना श्री तुलसी के विचारों का समर्थन किया।

।। 93 ।।

हिंदू की धर्मनिरपेक्षता

हिंदू, मुसलमान, क्रीस्चियन, सिख, जैन, बौद्ध आदि कोई भी धर्म. घृणा का पाठ नहीं पढाता। हिंसा के आचरण के लिए उकसाता नहीं। मिथ्या को महिमामंडित नहीं करता। सात्विक प्रेम का संदेश देता है। अहिंसा का गुणगान करता है। सत्य का आश्रय लेने को कहता है। यह तो राजनीतिक कुटिलता के कारण धर्म धर्म के बीच शत्रुता का बीज बोया जाता है। आइए, देखते हैं एक हिंदू दूसरे धर्म के प्रति कितना सहिष्णु और उदार हो सकता है।

सन् 1947 की घटना। बँटवारे की त्रासदी सब भोग रहे थे। भारत में रहने वाले मुसलमान नवगठित पाकिस्तान की ओर जाते हैं। सीमा रेखा के उधर रहने वाले हिंदू भी अपने घर-वार छोड़कर भारत की ओर प्रस्थान करते हैं। सरकार पाकिस्तान जानेवाले मुलसमानों के छोड़े हुए घरों में हिंदू शरणार्थियों को रखने की व्यवस्था करती है।

राम जन्मभूमि बाबरी मस्जिद के विवाद के समय दिल्ली विश्वविद्यालय के एक प्रोफेसर एक दिन कहते हैं – "लाहौर से उनके दादा जब भारत वापस आते हैं दिल्ली में उनको एक ऐसा घर (किसी मुसलमान का छोड़ा हुआ) दिया जाता है। वहां पहुंचकर दादाजी देखते हैं कि घर के दीवार में बने एक आले में पवित्र कुरान की कुछ पंक्तियां खुदी हुई है। परिवार के सभी व्यक्ति उसके सामने सर झुकाते हैं। जब घर की स्थिति ठीक होती है मकान के पुनरुद्धार का काम किया जाता है। उस समय दादाजी तो नहीं थे लेकिन परिवार के बाकी लोगों ने उस

कुरान की पंक्तियों को एक सुंदर मार्बल में अंकित कर सुरक्षित रख लेते हैं तथा उसी जगह स्थापित कर देते हैं। कोई भी त्यौहार और विवाह आदि के मंगलमय प्रसंगों पर छोटे बड़े सभी वहां खड़े होकर श्रद्धा के सहित हाथ जोड़ते हैं।"

प्रोफेसर बड़े दुख के साथ कहते हैं कि आज उनको बाबरी मस्जिद के ध्वंसकारी के रूप में वर्णित किया जा रहा है।

।। 94 ।।

मुसलमान की करुणा

आतंकवाद के माध्यम से आज देश के टुकड़े करने का षडयंत्र चल रहा है। कुछ हिंस्र लोगों के अमानवीय जुनून के चलते एक निर्दिष्ट कौम को अपराधी समझने का भूल भी हम करते आ रहे हैं। अपराध का कोई जाति या धर्म नहीं होता। व्यक्तिगत सोच या कुछ हद तक सामाजिक स्थिति इसके लिए जिम्मेदार हो सकती है। लेकिन आज जिस कौम की ओर ज्यादातर लोगों की उंगलियां उठती है उनमें भी दयावान व्यक्ति हैं इस घटना से प्रत्यक्ष प्रमाण मिलता है।

कश्मीर घाटी में तनाव और हिंसा के चलते परेशान होकर बडी संख्या में कश्मीरी हिंदू अपनी जमीन छोड़कर जम्मू और दिल्ली की तरफ पलायन कर देते हैं। लेकिन जन्मभूमि का मोह कुछ बुजुर्ग व्यक्ति छोड़ नहीं पाते हैं। कश्मीर की सुंदर घाटी और मनोरम झीलों की शीतलता उन्हें छोड़कर जाने की इजाजत नहीं दे रही थी। अपने कर्मभूमि को छोडना इतना आसान भी नहीं होता। ऐसे ही एक बृद्ध कश्मिरी पंडित जो कि जीवन के आखिरी पड़ाव में थे – अपने कुछ मुसलमान बंधुओं के घर के पास एक कमरा लेकर रह रहे थे। उनके बच्चे, पूरा परिवार जम्मू चला गया था। एक दिन अचानक वृद्ध व्यक्ति का स्वर्गवास हो जाता है। इस गांव में उस समय और कोई हिंदू नहीं था। उनके मुसलमान पड़ोसी जिनके साथ वह खाते-पीते थे, खेलते आए थे, पढ़ाई किया था, परिजन की तरह रोने लगते हैं। 33 किलोमिटर दूर

आदमी भेज कर एक हिंदू पुरोहित लेकर आते हैं। वैदिक रीति-रिवाज से अंतिम संस्कार करने की तैयारी करते हैं। शव को नहला कर नया सफेद वस्त्र धारण करवाते है। कुछ युवक अपने शिरमुंडन कर लेते हैं। पूजा पाठ करके वही मुस्लिम भाईलोग शव को कंधा देकर श्मशान को निकल पडते हैं। आंखों से आंसू और मुख से रामनाम सत्य है कि पवित्र ध्वनि निकल रही थी। उस दिन कोई हिंदू या मुसलमान नहीं था। "एकेव मानुषी जाति" का परिचय मिल रहा था। इन अल्हाह के बंदों ने अपने हिंदू भाई का दाह संस्कार कर अंतिम विदाई दी थी। मुसलमान युवकों ने हिंदु मान्यताओं का सम्मान करते हुए दाह-संस्कार के बाद स्नान पूर्वक   तिलांजलि दी।

इस सत्य घटना से यह प्रमाणित होता है मानवता अभी मरी नहीं।

यह तो चंद लोगों की सोच है जो मजहब-मजहव में दूरी बना रही है। देश, व्यक्ति या जाति विशेष से नहीं अपितु घिनौनी विचारधारा से परेशान है।

।। 95 ।।

सिखों का भाईचारा

हिंस्त्र मानसिकता थोड़ी देर के लिए विजयी बन सकती है पर अहिंसा कभी पराजित नहीं होती। एके 47 या क्लासनिकोव किसी भी युग में सभ्यता और संस्कृति के भाग्य निर्धारण नहीं कर सकते। अंत में शांति और प्रेम ही जनमानस को आंदोलित कर सच्चा मार्ग दिखाते हैं।

1980 से 1990 का दशक आंतकवाद और अलगाववद के चलते पंजाब के गौरवशाली इतिहास को कलुषित करने वाला रहा था। थोड़ी सी बात में खून बहाने को तैयार यह बहादूर कौम अपने पड़ोसी भाइयों के प्रति कितने संवेदनशील होते हैं उसका एक सुंदर उदाहरण प्रस्तुत है।

होला मोहल्ला (होली) का पावन अवसर। खेत अन्न से लहलहा रहे थे। पंजाब का एक छोटा सा गांव। हिंदू और सिख भाई एक दूसरे के गले मिल होली खेल रहे थे। इसी हवा पानी मिट्टी में एक साथ बड़े हुए बचपन के मित्र एक दूसरे को रंगों में भीगो रहे थे। अचानक कुछ उग्र पंथी बंदूक लेकर वहां पहुंच जाते हैं। हवा में गोली चलाकर सिखों को अलग हट जाने का निर्देश देते हैं। क्योंकि उनको हिंदुओं को जो मारना था। पर वहां मौजूद कोई भी सिख भाई उनकी बात मानने को तैयार नहीं थे। वे कहने लगे यहां कोई हिंदू या सिख नहीं है। हम सब एक ही मनुष्य जाति हैं। एक दूसरे के साथी है। मारना है तो सब को मार सकते हो। यह सूनकर आतंकवादी आवेश में आ जाते हैं। उन्हें हटने की

अंतिम चेतावनी देते हैं। पर वहां मौजूद सभी सिख भाई अपने हिंदू भाइयों को और जोर से गले से लगाते हुए एक दूसरे का हाथ पकड कर वृत्ताकर खडे हो जाते हैं। यह दृश्य आग में घी का काम करता है। आतंकवादियों के सर में जुनून सवार हो जाता है आंखों में खून उतर आता है। धाएं धाएं गोली की आवाज से चारों और गूंज जाता है। एक साथ 50 निरपराध जमीन पर ढेर हो जाते हैं। जिनमें 35 सिख थे तो 15 हिंदू।

क्या इस हृदय विदारक दृश्य को हम आतंकवाद का विजय मान लेंगे? अगर मजहब ही इस हिंसा का कारण होता तो वे अपने ही सिख भाइयों पर कैसे गोली चला सकते थे? यह सिर्फ और सिर्फ हिंस्त्र मानसिकता ही है जो मानव को आवेश में लाकर दानव बना देती है। इन 50 बेकसूर आत्मा के बलिदान के सामने हिंसा पराजित होती है। नये इतिहास लिखे जाते हैं। प्रेम और भाईचारा की जीत होती है। हिंसा और नफरत की पराजय होती है। आईए, हम सब मिलकर ऐसे त्याग और सदभाव का स्वागत करें। अपने बच्चों को यह सत्य कथा रोज सुनाएं।

।। 96 ।।

चिंतन का संक्रमण

क्रिया की एक निर्दिष्ट प्रतिक्रिया होती है, हमारे चिंतन भी प्रतिक्रियाशील होकर हमारे पास लौट आते हैं। किसी की मंगल कामना करेंगे, तो वह भी हमारा अच्छा सोचेगा। पर यदि हम किसी की अनिष्ट चिंता करते हैं, तब उससे मंगल कामना की आशा करना निरर्थक है। इसीलिए सर्वे भवंतु सुखिनः की प्रासंगिकता की अनुभूति हर युग में होतीआई है।

श्रेष्ठी अमृत चंद का जब भी राजा से सामना हुआ है पता नहीं क्यों राजा के मन में तीव्र भावांतर उत्पन्न होने लगता है। यहां तक कि श्रेष्ठी को प्राण दंड देने की बात सोचने लगते हैं। पर राजा का विवेक उन्हें प्रश्न करता है कि श्रेष्ठी का अपराध क्या है? इसी ग्लानि का कोई समाधान न होते देख राजा मंत्री से विमर्श करते हैं। अंतर्दृष्टिसंपन्न मंत्री समस्या के समाधान के लिए कुछ समय मांगते हैं। दूसरे दिन अपराह्न में मंत्री श्रेष्ठी के घर पहुंचकर उनके हाल-चाल और व्यापार की स्थिति के संबंध में पूछते हैं। श्रेष्ठी कहते हैं – "मंत्रीवर! मैं चंदन की लकड़ी का व्यवसाय करता हूं। पिछले ३ वर्षों से लगातार इस व्यवसाय में मेरा नुकसान हो रहा है। बाजार मंदा चल रहा है। अभी मेरे पास बहुत बडी मात्रा में चंदन की लकड़ी स्टाक में है। उसे बेच नहीं पा रहा हूं।"

मंत्री ने चतुराई से आत्मीयता के साथ पूछा – "अभी क्या सोच रहे हो? श्रेष्ठी कहते हैं – मान्यवर! मेरे मन में एक दुश्चिंता आ रही है। यदि हमारे सम्राट अभी मर जाते हैं तो उनके अंतिम संस्कार के लिए

चंदन की लकड़ी की आवश्यकता पडेगी। ऐसे में मेरी पूरी लकड़ी बिक जाएगी। राजा मरते हैं तो मर जाएं मेरे नुकसान की भरपाई तो हो जाएगी।''

मंत्री समस्या के मूल तक पहुंच जाते हैं। दो तीन दिन बाद श्रेष्ठी के घर पहुंचकर कहते हैं – ''महाराज का स्वास्थ्य खराब हो गया है। बैद्यराज के परामर्श अनुसार उनके लिए जिस चूल्हे में भोजन प्रस्तुत किया जाएगा उसमें साधारण लकड़ी नहीं अपितु चंदन की लकड़ी का प्रयोग करना है। इसीलिए आपके पास जितनी भी चंदन की लकड़ी है सब हम खरीदना चाहते हैं। आप इसका मूल्य बताएं?'' श्रेष्ठी आशा से अधिक धन पाकर लकड़ी बेच देता है।

कुछ दिनों के बाद मंत्री राज्यसभा पहुंचते हैं। राजा कहते हैं – ''मंत्री इन दिनों आपने ऐसा क्या कर दिया कि मेरे विचार बदल गए हैं। श्रेष्ठी को देखते ही उन्हें सम्मानित करने का मन कर रहा है। मंत्री ने श्रेष्ठी को राज सभा में बुलाकर अभयदान देते हुए सब बात सच सच बताने का आदेश दिया। श्रेष्ठी ने डरते हुए कहा – ''राजन! मेरी चंदन की लकड़ी नहीं बिकने के कारण मैं प्रतिदिन विचारों के स्तर पर आप की चिता सजाया करता था। पर मंत्री जी ने जब मेरी पूरी लकड़ी खरीद कर आपकी रसोई की व्यवस्था कर दी तब मेरे मन से आपके मृत्यु का विचार बदल गया। मैंने अपने राजा के उत्तम स्वास्थ्य और दीर्घायु की कामना करना प्रारंभ कर दिया। विद्वान मंत्री ने वैचारिक प्रतिक्रिया की परतों को उधेडते हुए कहा कि श्रेष्ठी के प्रारंभिक चिंतन के प्रतिक्रिया स्वरुप आप उन्हें मृत्युदंड देने की बात सोचते थे। पर उसके परवर्ती चिंतन से आपका हृदय परिवर्तन हुआ। आप उन्हें सम्मानित करने की चिंता करने लगे।''

यह सृष्टि का अघोषित नियम है। सत् चिंतन का परिणाम निश्चय ही अच्छा है। इसीलिए दूसरों के अमंगल-कामना से दूर रहकर ही हम उसके कुपरिणाम भोगने से स्वयं को बचा लेंगे।

।। 97 ।।

दारिद्र्य दहन

भाग्य जब प्रतिकूल होता है मनुष्य बिना अपराध के भी अनेक कष्ट भोगता है। पर करुणावान, विज्ञ पुरुष ऐसे लोगों को संकट से उबार कर उनके दुख दूर करने में सहायक बनते हैं। महाकवि कालिदास के जीवन से एक सुंदर प्रसंग।

एक कवि अति दरिद्रता में जीवन यापन कर रहे थे। उनकी पत्नी उन्हें बार-बार राजदरबार जाकर कुछ याचना करने को समझाती थी। एक दिन वह अपने गमछे में मीठे ईख के टुकड़े बांध राजा भोज के दरबार जाने के लिये निकल पड़े। पर शारीरिक दुर्बलता से क्लांत हो मार्ग में विश्राम हेतु बैठ जाते हैं। भूख लग रही थी फिर भी शीतल हवा से वे निद्राधीन हो गए। इसी बीच गांव के कुछ उद्दंड युवक आकर उनके ईख को निकाल कर ले जाते हैं एवं बदले में लकड़ी के कुछ टुकड़े गमछे में बांध के चले जाते हैं। नींद टूटने पर कवि हड़बड़ा के उठते हैं एवं शीघ्र दरबार की ओर चल पड़ते हैं। वहां पहुंचकर महाराज को अपनी सद्य रचित कविता सुनाते हैं और राजा को उपहार देने के लिए गमछा खोलते हैं तो चौंक जाते हैं। राजा भी इसे कवि का परिहास समझ क्रोधित हो उठते हैं। महाकवि कालिदास सब देख रहे होते हैं। वह समझ जाते हैं भाग्य खराब होने के कारण बेचारा निरीह मानव राजा के कोपभाजन होने जा रहा है। उन्होंने परिस्थिति को संभाल कर एक श्लोक की रचना कर महाराजा को सुनाया। श्लोक का मर्म इस प्रकार था – " हे राजन! आज तक आपको जितने भी उपहार मिले हैं आज का सबसे श्रेष्ठ है। क्योंकि अर्जुन के खांडव वन दहन और हनुमान के लंका दहन में कोई विशेषता नहीं है। उन्होंने तो एक सुरम्य उद्यान और एक प्रतिष्ठित राजधानी को श्रीहीन ही किया था। कवि इस लकड़ी के माध्यम से आपको समाज के दारिद्र्य दहन के लिए प्रेरणा दे रहे हैं।" यह सूनकर राजा भोज अत्यंत प्रसन्न हो उक्त कवि को एक लाख स्वर्ण मुद्रा प्रदान कर उनकी दरिद्रता का सदा के लिए दहन कर देते हैं।

।। 98 ।।

पश्चाताप

मनुष्य अपराध करता है। आवेश, लोभ अदि मानवीय दुर्बलतावश भयंकर पाप भी कर देता है। पर शुद्ध हृदय से यदि पश्चाताप कर लेता है तो पाप से मुक्ति भी संभव हो जाती है। उसके साथ ऐसे अपराध की पुनरावृत्ति से भी बचें इस ओर भी सजग रहना चाहिए। एक बार एक मुनि भिक्षान्वेषण करते करते एक स्वर्णकार के घर पहुंचते हैं। उस समय स्वर्णकार शस्य की आकृति के कुछ गहने बना रहे थे। मुनि को देख वह गहने वहीं छोड़, भोजन तैयार है कि नहीं देखने ऊपर चले गए। इसी बीच एक चिड़िया उड़ कर आती है और गेहूं के दाने जैसे सोने के गहनों को असली अनाज समझ निगल जाती है और उड़ कर खिड़की में बैठ जाती है। यह दृश्य देख मुनि ने आसन्न विपत्ति को भांप लिया और अपना कर्तव्य निश्चित कर लिया।

स्वर्णकार नीचे आते हैं और कहते हैं – भोजन तैयार है आप ऊपर पधारें। लेकिन स्वर्ण के दानों को वहां न पाकर आश्चर्य चकित मुनि से पूछते हैं – ऊपर जाने से पहले मैं यहां सोने के शस्य आकार के कुछ गहने छोड़ कर गया था। वह कहां गये? आपने कुछ देखा क्या? मुनि समझ गए अगर वह सत्य कहते है तो यह आदमी चिड़िया को मार उसके पेट से सोना निकाल लेगा अन्यथा उन्हें असत्य का आश्रय लेना पड़ेगा। अपने द्वारा स्वीकृत अहिंसा और सत्य महाव्रत की सुरक्षा की दृष्टि से उन्होंने मौन रहना उचित समझा। स्वर्णकार द्वारा बार बार पूछने पर भी चुप रहने के कारण उसने मुनि को ही चोर समझ लिया और

उनके साथ अशालीन व्यवहार करने लगा। क्रोध शांत नहीं होने पर उसने चमड़े की एक गीली पट्टी मुनिश्री के सिर पर जोर से बांधकर उन्हें प्रचंड धूप में खड़े रहने का आदेश दिया। अपने पूर्वकृत कर्म का परिणाम सोच इस भीषण दंड को मुनि ने समता से सहन किया। धूप में गीली चमड़े की पट्टी धीरे धीरे उनके सर पर भयंकर दबाव देने लगी और कुछ समय बाद एक विस्फोरण के साथ उनका जकडा हुआ सर फट गया। यह देख स्वर्णकार ने चोर को सही दंड मिला सोच आश्वस्ति की अनुभूति की।

इसी बीच एक वृद्धा सिर पर लकड़ी की गठरी लिए उस दुकान के सामने बेचने के उद्देश्य से पहुंची। वजन संभल नही रहा था। बोझ के मारे उसने गठरी को जोर से जमीन पर पटक दिया। इससे तेज शब्द उत्पन्न होता है। डर कर खिड़की में बैठे पक्षी ने बीट कर दी। उसी के साथ निगले हुए सोने के दाने दुकान में ही आ गिरे। यह देख स्वर्णकार को अपने जघन्य कृत्य पर घोर पश्चाताप होने लगा। उस दुष्कर्म के लिए खुद को प्रताड़ित करने लगा। कैसे उस पाप से मुक्त हो पाऊंगा? पश्चाताप की अग्नि में वह दिन-रात जलने लगा। समता के सागर मुनिराज की महान आत्मा के साथ किये गये अमानुषिक व्यवहार का स्मरण कर आत्म निरीक्षण और आत्म-निंदा करने लगा। उस महान आत्मा से बारंबार क्षमा याचना करता है। भारतीय बांग्मय में स्पष्ट उल्लेख है कि सम्यक पश्चाताप से उस स्वर्णकार ने अपने सभी पापों को धो डाला और उसी जन्म में सिद्ध, बुद्ध, मुक्त हो गया।

।। 99 ।।

हमारी संस्कृति

रोमन, ग्रीक, मिस्त्र आदि सभ्यताएं काल के प्रवाह में अस्तित्वविहीन हो गये। पर भारतीय सभ्यता और संस्कृति सभी अवरोधों को अतिक्रमण कर आगे बढ़ते जा रही है। प्रसिद्ध उर्दू कवि इकबाल कहते हैं–

"युनान ओ मिस्त्र ओ रुमां सब मिटगये जहां से,
अब तक मगर है बाकी नामों निशां हमारा
कुछ बात है कि हस्ती मिटती नहीं हमारी,
सदियों रहा हैं दुश्मन दौरे जहां हमारा।"

पर पाश्चात्य सुनामी के प्रभाव में हमारी सभ्यता के डगमगाने का दृश्य कई बार मन को व्यथित करता है। चार पांच सौ वर्ष की एक तथाकथित आधुनिक संस्कृति पांच हजार वर्ष से अधिक एक प्राचीन जगद्‌गुरु संस्कृति को नष्ट–भ्रष्ट कर रही है। देखकर स्वभाविक है असहायबोध की भावना से मन भर जाए।

बीसवीं सदी में रूस की स्थिति देखते हैं। पहले स्टालिन आदर्श थे। उनकी प्रतिमूर्ति तोड़ी गयी। वह आदर्श मिट गया। फिर लेनिन प्रतिष्ठित हुए। कुछ दशक बाद उनको भी कुचल डाला गया। कभी गोरबाचोव के भीतर लेनिन को और येल्तसिन में स्टालिन को ढूंढा गया। सिर्फ 30 वर्षो के अंदर एक विश्व शक्ति के नागरिक रोटी के

लिए तरस गये। अनावश्यक दिखावे और सामरिक अस्त्र शस्त्र के असीम संग्रह से देश में विकट आर्थिक संकट देखा गया। सौ वर्ष के भीतर सभ्यता का उत्थान और पतन दोनों हो गया। ब्लादमिर पुतिन अभी देश के नींव को सुदृढ़ करने में प्रयासरत हैं।

कई उतार–चढ़ाव में भी हमारा अस्तित्व विलीन नहीं हुआ है। यह देख एक सुकून सा मिलता है सही में हमारे अंतः करण में ऐसा कुछ तत्व है जिसने हमें अमरत्व दिया है।

।। **100** ।।

प्रकृत मूल्य

मनुष्य के पास कुबेर जैसे धन–संपत्ति हो सकता है, वह बृहस्पति जैसा पंडित भी हो सकता है, पर जिस की वाणी मधुर नहीं है व्यवहार सरल नहीं है, हृदय में करुणा नहीं है तो सब होकर भी वह दुनिया का सबसे बड़ा गरीब माना जाएगा। आदर्श व्यवहार, शालीनता, विनम्रता और मधुरता आदि बातों का अपना मूल्य है।

सम्राट तैमूरलंग की क्रूरता इतिहास के पृष्ठों में कलंक रूप में अंकित है। सामान्य गलती पर सर काटना उसके बाएं हाथ का खेल था। अहमदी नाम के एक कवि उनके राज्यसभा का प्रमुख सदस्य थे। तैमूरलंग उनका सम्मान करते थे और उन पर पूरा विश्वास करते थे। एक बार तैमूर ने एक छोटी सी गलती पर अपने दो दासों को फांसी की सजा दे दी। फिर अहमदी से पूछते हैं– "आप की दृष्टि से यह दास द्वय का कितना मूल्य होना चाहिए?" कवि ने तत्क्षण कहा – "प्रत्येक दास का मूल्य दस हजार अशरफी का होना चाहिए।" उसके बाद तैमुर ने पूछा – "मेरा मूल्य कितना आंकते हो?" कवि चुप रहे। बार बार पूछने पर उनसे अभयदान लेकर कवि ने कहा – "आप का मूल्य केवल पांच सौ स्वर्णमुद्रा है।" तैमुर ने क्रोध में कहा – "क्या बक रहे हो। मेरे अचकन का मूल्य ही पांच सौ स्वर्णमुद्रा है।" इसपर कवि अहमदी ने कहा – "तब तो मेरा आकलन बिल्कूल ठीक निकला। आपके पहने हुए वस्त्र का ही तो मूल्य है। माफ करें आपका अपना कोई मूल्य है– जैसा मुझे नहीं लगता। जिसके हृदय में करुणा, क्षमा, दया, अहिंसा नहीं है वह व्यक्ति मूल्यहीन होता है।"

कवि के इस निर्भय और नि:स्वार्थ तर्क ने तैमूर को दासों को मुक्त करने के लिए विवश कर दिया।

।। 101 ।।

पहचान करने में भूल

व्यक्ति को पहचानने में कई बार समाज भूल कर बैठता है। जन्म से लेकर मृत्यु तक उसके आचरण समाज को असहिष्णु बना देता है। इसी असहिष्णुता के कारण समाज धीरे-धीरे प्रतिक्रियाशील हो उठता है। पर उस व्यक्ति की मृत्यु के पश्चात अचानक पूरा समाज विस्मित हो जाता है। प्रस्तुत है एक सत्य घटना। जर्मनी में एक व्यवसायी अपने संपूर्ण जीवन काल में कृपणता के लिए बदनाम थे। एक पैसा खर्च करना या समाज को दान सहयोग करना उन्हें आता ही नहीं था। इसी कारण से उनकी पत्नी ने भी उनका परित्याग कर दिया और बच्चे उन्हें छोड कर बहुत दूर चले गये थे। गांव के तीज-त्योहार या सामाजिक आवश्यकता के समय भी थोड़ा सा सहयोग नहीं करते थे। समाज के प्रत्येक मंच में उनकी बदनामी होती थी।

आयुष्य पूर्ण होने पर उनकी मृत्यु होती है। पर उनके अंतिम संस्कार के लिए गांव का कोइ भी व्यक्ति सामने नहीं आता है। सभी उनके प्रति नफरत की भावना रख तीव्र समालोचना कर रहे थे। उनका शव ऐसे ही कुछ देर पड़ा रहा। यह देख गांव के चार आवारा लड़के उनके अंतिम क्रिया करने के लिए आगे आते हैं। मन में कोई स्वार्थ की भावना नहीं। सिर्फ कर्तव्य बोध एवं संवेदना ही प्रेरणा बनी। वेसे देखा जाए तो चारों ही समाज के लिए बेकार और अपदार्थ थे। किंतु अपदार्थ को अगर सकारात्मक दृष्टि से देखें तो जो वस्तु-प्रधान नहीं है वह अवश्य आत्म-प्रधान रहा होगा। जो भी हो वह चारों वृद्ध का अंतिम क्रिया संपन्न कर उनके कब्र में फूल चढ़ा घर वापस आते हैं।

दूसरे दिन मृतक की वसीयतनामा खोली गई। समाज के उनके गणमान्य और प्रतिष्ठित व्यक्ति उपस्थित थे। कागज में लिखा था – "मेरी मृत्यु के बाद जिन चार व्यक्तियों ने मुझे कंधा दिया होगा उन चारों के बीच मेरी संपत्ति बांट दी जाए।" पूरा माहोल बदल गया। समाज स्तम्भीभूत था। अपने पूरे जीवन को उस व्यक्ति ने एक प्रयोगशाला बना दिया था शायद। अभिप्राय यह रहा होगा कि भीड़ में से असली आदमी की पहचान करना। सही में मृत्यु के बाद इन चारों के कंधे प्राप्त कर वह आश्वस्त हुए होंगे न?

|| 102 ||

वाक् चातुर्य

मधुर भाषा व्यक्ति की विनम्रता को दर्शाती है। विक्षिप्त मन को उपशांत करती है। इससे अनेक जटिल समस्याओं का समाधान भी मिलता है। इसीलिए विज्ञजन सत्य के प्रति जितने समर्पित होते हैं, अप्रिय सत्य से उससे अधिक दूर रहने की कोशिश करते हैं। पर बाक् चातुर्य से हमारा व्यक्तित्व परिमार्जित होने के साथ और भी फायदे होते हैं।

एक बार राजा भोज घोषणा करते हैं – नया श्लोक रचना कर मेरे पास लाने वाले कवि को एक लाख स्वर्ण मुद्रा पुरस्कार रूप में दिया जाएगा। रोज नये नये श्लोक का निर्माण कर कविगण राज्यसभा में पहुंचने लगे। उदारमना राजा सभी को पुरस्कृत कर रहे थे। धीरे धीरे राजकोष खाली होने की शंका उत्पन्न होने लगी। यह देख महामंत्री कुछ कन्याओं को बुलाकर उन्हें अवधान विद्या की प्रयोग विधि सिखाने लगे। इस प्राचीन विद्या के प्रशिक्षण से यह बालिकायें कवियों के द्वारा उच्चारित श्लोक को अपने स्मृति पटल पर अंकित कर हाथों– हाथ जस की तस उच्चारण कर देती थी। मंत्री साबित कर देते थे की यह श्लोक तो हमारी बच्चियों को पहले से ज्ञात था। अत: यह मौलिक नहीं होने से पुरस्कार योग्य नहीं है। इसी तरह महामंत्री इन कवियों को प्रतारणा पूर्वक स्वर्ण मुद्रा देने के लिए स्पष्ट मना कर दे रहे थे। मंत्री का छल कवियों को दु:खी कर रहा था। एक बार एक पंडित राजसभा में

आकर संस्कृत में एक नया श्लोक सुनाते हैं। उसका भावार्थ इस प्रकार है। हे राजन! आपके पिता आवश्यक कार्यवश मेरे से निन्यानवे कोटी स्वर्ण मुद्राएं उधार लिये थे। दुर्भाग्यवशत: वह परिसोध नहीं कर पाये और स्वर्ग सिधार गये। मुझे विश्वास हैं – आपको अवश्य बताकर गये होगें। इस प्रसंग को महामंत्री और यह कन्याएँ भी जानते हैं। पूछ कर पता कर लीजिए। इसलिए कृपया आप मुझे 99 कोटि स्वर्ण मुद्रा देकर पितृ ऋण से मुक्त होवें।

राजा हतप्रभ, मंत्री भी स्तब्ध। मंत्री तुरंत बालिकाओं को चुप रहने का निर्देश देते हैं। सभी एक स्वर में कहने लगे हमें इस तथ्य के बारे में जानकारी नहीं है। यह श्लोक हम पहली बार सुन रहे हैं।

चतुर पंडित कहने लगते हैं – "महाराज! अब एक लाख स्वर्ण मुद्रा मुझे प्रदान किया जाए। क्योंकि मेरी रचना अभिनव और अनन्य है।" मंत्री बेचारा क्या न करता? मजबूर होकर एक लाख मुद्रा पंडित को देते हैं।

।। 103 ।।

गलतफहमी

मानवीय संबंध में कई बार कटुता आ ही जाती है। उसके पीछे अनेकों बार स्वार्थपूर्ति की भावना रहती है। पर कभी कभी गलतफहमी से भी यह तिक्तता आती है। आत्मीय जन को पहचानने में आदमी से भूल होती है। इस गलतफहमी से स्वयं के स्वास्थ्य खराब होने के साथ समाज और राष्ट्र भी रूग्ण बन जाते हैं।

एक श्रेष्ठी के दो पुत्र थे। पहली पुत्र वधू के आने के दस-बारह वर्ष पश्चात दूसरे पुत्र की शादी होती है। एक दिन सेठजी खाने बैठते हैं। बड़ी बहू परोस रही थी। अचानक उसके हाथ से घी का कटोरा छूट घी नीचे जमीन पर गिर जाता है। ससुर कहने लगते हैं – "बेटी! तुम्हारे पांव में तो नही लगा!" कुछ दिनों के बाद छोटी बहू परोस रही थी। उसके हाथ से पानी का लोटा छूट कर उसके पांव के उपर आ गिरा। पानी सब नीचे बह गया और वह दर्द से कराहने लगी। ससुरजी गुस्से में कहने लगे – "तुम देख कर काम नहीं कर सकती! आगे से ध्यान रखना।"

बस इतनी सी बात। छोटी बहू के दिल में मानों एक तीक्ष्ण कांटा चुभ गया। उसका मन ही नहीं आत्मा भी हाहाकार करने लगा। पिताजी बड़ी बहू को स्नेह करते हैं। मेरे प्रति उनका कोई अनुराग नहीं। इसी हीनभावना का शिकार हो भयंकर रोग से ग्रसित हो गई। बहुत उपचारों के बाद भी आरोग्य लाभ नहीं हो रहा था। श्रेष्ठी बहुत चिंतित रहने लगे। बहू को कुछ हो जाता है तो छोटे बेटे का घर उजड़ जाएगा –

यह सोच कर परेशान रहने लगे। एक दिन घर पर एक अनुभवी महात्मा का आगमन हुआ। श्रेष्ठी ने उन्हें अपनी व्यथा सुनाई। महात्मा ने छोटी बहू से एकांत में बात करना चाहा। व्यवस्था कर दी गयी। उन्होंने बड़े ही मनोवैज्ञानिक ढंग से बहू से मन की बात जानना चाहा। कुछ समय चुप रहने के पश्चात बार–बार कुरेदे जाने पर बहू ने रोते रोते उस दिन की घटना सुनाई और कहा – "भाभीजी के हाथ से मूल्यवान घी का पात्र गिरा वह भी मिट्टी में। पर पिताजी ने कहीं उनके पैर में गिरा होगा, यह सोच चिंतित होते हैं, जबकि मेरे साथ पूरा उल्टा हुआ। पानी का लोटा गिरता है मेरे पैर पर फिर भी पिताजी ने मुझे भला बुरा कहा। उनके मन में कितना पक्षपात है। मुझे तो मेरा जीवन निरर्थक लगने लगा है।"

महात्मा सब समझ गए। रोग का बीज शरीर में नहीं मन मैं बोया गया है। वह कमरे से बाहर आकर श्रेष्ठी से कहते हैं– "मैने तुम्हारी बहू की बीमारी की पहचान करली है। उसकी चिकित्सा के लिए तुम्हें प्रचुर अर्थ खर्च करने पडेंगे।" श्रेष्ठी ने खुसी से उछलते हुए कहा – "आप आज्ञा करें। मेरे पास कोई चीज की कमी नहीं है। आप बस दवाई बताइए।"

महात्मा कहते हैं – सुदूर अरब देश से बहुमूल्य मुक्ता मंगाकर प्रतिदिन शहद के साथ पीसकर तुम्हें बहू को अपने हाथों से चटाना होगा। एक पल की देरी नहीं करते हुए अरव देश से एक लाख पच्चीस हजार मुद्राएं देकर मुक्ता मंगाया गया। ससुर जी छोटी बहू को अपने सामने बिठा कर सुबह मोती और शहद अपने हाथ से पिसते और खिलाते। बहू नित्य देख रही थी। यह ससुर हैं या मेरे अपने पिता हैं। चमत्कार तो होना ही था। बहू के मन में रासायनिक परिवर्तन होने लगा। ससुर जी के प्रति उसकी मन की मलिनता दूर होने लगी। वह संपूर्ण स्वस्थ हो गई। श्रेष्ठी की खुशी का कोई ठिकाना ना था।

एक वर्ष बाद महात्मा जी का फिर से आगमन हुआ। उनके

चरणों में कृतज्ञता प्रकट करते हुए बहू के रोग के संबंध में श्रेष्ठी ने जानना चाहा तो महात्मा ने पूरी बात बताई और कहा इन मनोवैज्ञानिक प्रयोग के द्वारा उसके दिल में फंसे शूल को निकालना संभव हो पाया। यह सुन ससूर जी अपने हाथ मसलने लगे। दोनों बहुओं को अपने पास बुलाया। उनसे कहा – "देखो! बड़ी बहू बहुत दिनों से इस घर में बहू बनकर आई है। सतर्कता के अभाव में उसके हाथ से घी गिर कर नष्ट हुआ था। मैंनें अच्छी तरह देख लिया था। उसको जब मैंने कहा कि पैरों में कहीं चोट तो नहीं लगी तो परोक्ष रूप से उसको डांटा था। भविष्य में घी आदि वस्तुओं के प्रति जागरूक रहनेको ताकीद किया था। छोटी बहू को घर आए मात्र कुछ महीने ही हुए थे। और उसके हाथ से पानी के लोटे का छुट कर उस के पैर पर गिरना मैंनें स्वयं देखा था। नई नवेली बहू को थोड़ा सावधान ना करता तो उसकी त्रुटि सुधर नहीं पाती। कच्चे घडे को सुधारा जाता है। यही सोच मैंने कुछ कड़ाई बरती। वरना मेरे मन में कोई भेद नहीं। मेरे लिए तो दोनों समान हैं।"

छोटी बहू अपनी गलतफहमी समझ पाई और ससुर जी से क्षमा प्रार्थना की। दोनों बहू आपस में मिलजुल प्रेम से रहने का संकल्प स्वीकार करते हैं।

छोटी सी भ्रांति कैसी समस्या उत्पन्न कर देती है।

।। 104 ।।

धूल के ऊपर धूल

एक व्यक्ति के आंखों में कोई वस्तु हीरा–मोती के रूप में उद्भासित होती है तो दूसरे के आंखोंमें वही सामान्य पत्थर जैसे दिखती है। कोई धन दौलत को सब कुछ समझ लेता है तो दूसरा कोई इसे जीवनयापन का एक माध्यम मात्र मानकर इसका सदुपयोग किया करता है। करोड़ो में कोई एक सोना को धूल मिट्टी समझने का उदाहरण प्रस्तुत करते मिल जाएंगे।

एक संतपुरुष अपनी धर्मपरायण पत्नी के साथ पैदल यात्रा कर रहे थे। कुछ ही कदम पीछे सहधर्मिणी उनका अनुसरण कर रही थी। कुछ दूर जानेके बाद अचानक कुछ चमकती चीज दिखाई देती है। संत जल्दी से आगे बढते हुए सोने के कंगन की एक जोड़ी सडक पर गिरी हुई पाते है। आभूषणों के प्रति महिलाओं की स्वाभाविक दुर्बलता रहती है। यह महात्मा जी अच्छी तरह जानते थे। अत: संत ने सोने के कंगन के ऊपर धूल डाल दिया, ताकि पत्नी की नजर में वह न आ पाए। पत्नी दूर से देख लेती है। अनजान बनकर पास आकर पूछती है तो पतिदेव बात को टाल जाते हैं। होठों पर एक निष्पाप हंसी लाकर पत्नी कहती है– " स्वामी! आपकी ऐसी दृष्टि विभ्रम कैसे हुई? आपने सोना को इतना मूल्यवान कब से सोच लिया? आप स्वर्ण और धूल में कब से फरक करने लगे, नाथ। अन्यथा धूल को धूल से ढकने का निरर्थक प्रयास आप नहीं करते।"

धर्मपत्नी की ऋजुता, मृदुता और निस्पृहता के सम्मुख उस महान संत का सर अनायास झुक जाता है।

|| 105 ||

सादा जीवन उच्च विचार

महात्मा गांधी धनवान व्यक्तियों को अपनी संपत्ति का संयम के साथ व्यय करने का परामर्श देते थे। धन का उपभोग नहीं उपयोग करने को कहते थे। अपने द्वारा उपार्जित संपत्ति के ट्रस्टी बनकर समाज कल्याण में उसका विनियोग करने का उपदेश देते थे। भारतीयों के ऊपर उनके उपदेश का कितना प्रभाव पडा पता नहीं, पर पाश्चात्य देशों में प्रभाव अवश्य हुआ है। निम्न प्रसंग से इसका प्रमाण मिलता है।

प्रसिद्ध उद्योगपति हेनरी फोर्ड की बेटी अपने लिए एक जोड़ी ड्रेस खरीदने के लिए बाजार जाती है। दुकानदार ने बहुत सारे कीमती ड्रेस दिखाए। क्योंकि खरीददार के रूप में करोड़पति फोर्ड की बेटी जो आई हुई थी। पर सबको अचंभित करती हुई लड़की ने कहा – ''माफ कीजिएगा! मुझे थोड़ा सस्ता ड्रेस दिखाइए। इतने कीमती वस्त्र खरीदना मेरे बजट के बाहर है।''

दुकानदार पूछते हैं– ''आपको भी अपने कपड़े के लिए बजट देखना पड़ रहा है। यकीन नहीं होता।'' युवती ने मधुर मुस्कान के साथ कहा – ''पिताजी की व्यवस्था के अनुरूप हम अपने खर्च की योजना बनाते हैं। आय को देख कर व्यय का एस्टीमेट नहीं किया जाता। आवश्यकता और उपयोगिता देखी जाती है। परिवार के समस्त सदस्यों के लिए यह नियम लागू होता है।'' इतना कहकर वह एक कम मूल्य का सुंदर सूती वस्त्र खरीद के चली जाती है।

।। 106 ।।

अनन्य प्रयोग

आज मनुष्य विश्वास के संकट में से होकर गुजर रहा है। कोई किसी को विश्वास करना नहीं चाहता। क्योंकि विश्वासघात की आशंका से वह हमेशा आशंकित रहता है। परंतु इससे उसके मन में जहर का संक्रमण हो रहा है। नफरत करना सहज है पर प्रेम करना बडा कठिन है। फिर भी आस्था और विश्वास का एक असाधारण उदाहरण प्राचीन वांग्मय में देखने को मिलता है।

राजा के मृत्यु के बाद उनके युवा पुत्र के ऊपर राज्यभार आ जाता है। उन्होंने अपने अभिन्न मित्र को प्रधानमंत्री के पद पर आसीन किया। बचपन से ही दोनों की मित्रता जन-जन के बीच प्रसिद्ध थी। पर विधि का विधान। महारानी के रूप लावण्य से युवा मंत्री के मन में विकार उत्पन्न होने लगता है। उन्हें यह मालूम था इस जन्म में वह उन्हें पा नहीं सकते। पर विकृत वासना की ताड़ना से वह बीमार रहने लगे। राजा मंत्री के स्वास्थ्य को लेकर चिंतित हो गए। कारण क्या है। वह समझ नहीं पा रहे थे। राजवैद्य ने गहन परीक्षण के बाद् निदान किया कि रोग मानसिक है, शारीरिक नहीं। राजा मंत्री के पास जाकर अपनी मित्रता का वास्ता देकर मन की ग्रंथि खोलने को विवश कर देते हैं। राजा के अत्याधिक आग्रह देख उनसे अभयदान लेकर मंत्री अपने मन की व्यथा सुनाते हैं। यह सुन राजा कहते हैं – "बस इतनी सी बात! तुम्हारी मनोकामना अवश्य पूरी होगी। आज रात महारानी स्वयं तुम्हारे

शयनकक्ष में आ रही हैं।" मंत्री चकित थे, विस्मित थे। यह क्या कह दिया महाराज नें। क्या ऐसा भी होता है।

शाम को यही दृश्य दिखाई देता है। पति की आज्ञा का पालन करते हुए महारानी पालकी में बैठ मंत्री के आवास में पहुंचती हैं। पालकी से उतर कर मंत्री के शयन कक्ष में प्रवेश कर जाती हैं।

यह अकल्पनीय दृश्य देख मंत्री स्तंभीभूत हो जाते हैं। अचानक उनकी सुप्त चेतना एक झटके में जग जाती है। विकार का परत हट जाता है। जैसे ही रानी पहुंचती हैं एक छोटे शिशु की भांति मंत्री कह उठते हैं– "आइए माताजी!! बड़ी कृपा की। आज इस पुत्र को कैसे याद किया?"

उसके बाद महारानी का मान सम्मान कर हीरे–मोती के गहने और वस्त्र आभूषण भेट करते हुए उन्हें आदर के साथ विदा किया। कक्ष में लौटकर लज्जा, आत्म ग्लानि और अपराधबोध से जर्जरित हो तलवार निकालकर खुद की जीवनलीला समाप्त करने को उद्यत होते हैं। एक मेरा मित्र, इस देश का राजा कितने महान और दूसरी तरफ मेरे जैसा अपवित्र जीव जो संसार के लिए भारभूत है। पर तभी अंधेरे से अचानक कोई बाहर आकर उनके हाथ पकड़ लेता है। स्वयं महाराज सामने खड़े थे। मित्र को आलिंगन कर कहते हैं– " मुझे पता था ऐसा ही होगा। क्योंकि मुझे मेरी रानी के ऊपर जितना विश्वास है मेरे मित्र के ऊपर भी उतनी ही अटूट आस्था है। क्षण भर के लिए तुम्हारा मन मलिन अवश्य हुआ। पर तुम गंगा की नीर की तरह परम पवित्र हो। तुमसे चरित्र की कोई स्खलना नहीं हो सकती। तुम अपनी गलती का पश्चाताप करते हुए अपने को समाप्त करने की कोशिश करोगे यह भी मैनें ठीक सोचा था। तुम्हारी रक्षा करने के लिए ही मैं यहां छिपा हुआ था।" मंत्री रोते–रोते अपने अक्षम्य अपराध के लिए राजा के चरणों में गिर जाता है। पर राजा के मुख मंडल पर अपने मित्र के प्रति अखंड विश्वास साफ झलक रहा था।

।। 107 ।।

ये अनाथ नहीं हैं

संसार स्वार्थी है। संकीर्ण लोभ ने युगों युगों से मानवीय चेतना को ग्रसित कर रखा है। सभ्यता के बलवान विवर्तन भी इस आदिम संज्ञा को परिमार्जित करने में विफल रहा है। मैं और मेरे के बीच हमारी विस्तृत चेतना सीमित हो गई है। ऐसी परिस्थिति में शिव प्रसाद पांडिया जैसे व्यक्तित्व केवल व्यतिक्रम के रूप में नहीं, अपितु कालजयी आदर्श के रूप में अनुकरणीय बन समाज को आलोकित कर रहे हैं।

पश्चिम ओड़िसा के एक निर्भीक और संवेदनशील पत्रकार श्री शिव प्रसाद पांडिया का 22 अप्रैल 2008 में 82 वर्ष की अवस्था में निधन हुआ। उस महामना के जीवन का एक ऐतिहासिक प्रसंग। दिसंबर 13, 1974 की बात है। भुवनेश्वर के खंडगिरि के पास एक भीषण सड़क हादसे में छोटे भाई भक्त प्रसाद और बहू आल्हादिनी ने प्राण त्याग दिया। शिवप्रसाद जी गंभीर रूप से घायल होकर मृत्यु के साथ संघर्ष करते हैं। महीने भर बाद उन्हें बताया गया कि भाई और भाई बहू नहीं रहे। एक बार तो हतप्रभ हो गए। पर कुछ ही क्षणों में संभल कर अपने कर्तव्य की रूद्र आह्वान को समझ आगे के करणीय कार्यों के प्रति सजग हो जाते हैं। उस समय उनके 8 बच्चे और भाई के 8 बच्चे कुल में 16 बच्चे। परिजनों विशेष कर बहनों ने स्वर्गत भक्त प्रसाद के बच्चों को आपस में बांट कर उनके लालन-पालन करने का प्रस्ताव रखा। इस पर शिवप्रसादजी विनम्रता किंतु दृढता के साथ बोल पडते हैं- यह

सच है इन बच्चों ने अपने जन्मदाताओं को खोया है। पर इसका अर्थ यह नहीं कि यह अनाथ हैं। आज तक मेरे 8 संतान थे। आज से मैं 16 संतानों का पिता हूं। कोई भेद भाव नहीं होगा। आप सब आश्वस्त रहिये। इसी क्रम में झुनू जो अपने माता पिता की 8वीं संतान थी अचानक 16 भाई बहनों में उसका नंबर 11 वें पर खिसक गया। आदर्श सहधर्मिणी गिरजा देवी के सहयोग पा शिव प्रसाद जी ने सभी बच्चों को खाली बड़ा ही नहीं किया अपितु अच्छी शिक्षा देकर समाज में प्रतिष्ठित किया। योग्य पात्र देख सब का घर बसा कर अपने दायित्व का सम्यक् निर्वहन किया। स्वार्थ के विस्तीर्ण समुद्र के बीच ऐसे मनुष्य ही आश्वास और विश्वास के दीप और द्वीप बन पाते हैं।

।। 108 ।।

भैया आपका पैकेट गिर गया

मानविकता के सम्मुख आतंकवाद आज एक जटिल समस्या के रूप में खड़ा है। समग्र विश्व इस समस्या से आक्रांत है। पिछले चार–पांच दशकों से बहुत सारे निर्दोष और निष्पाप जीवन आतंक की बलि चढ़ चुके हैं। भारत माता रक्ताक्त हो उठी है। अज्ञान, अभाव और आवेश ही आतंकवाद के बीज हैं। इस संवेदनहीन, आपराधिक मानसिकता के संक्रमण को रोकने का कोई भी मार्ग अभी तक नहीं निकल पाया है।

27 सिंतबर 2008 का काला शनिवार। दिल्ली का महरौली क्षेत्र। दो युवक बाइक में आकर राजपथ पर एक पैकेट गिरा कर चले जाते हैं। ऐसा अभिनय करते हैं जैसे उनके हाथ से वह पैकेट गिर गया हो। वहीं खड़ा 13 साल का बेगुनाह बच्चा संतोष उस पैकेट को उठाकर बाइक के पीछे दौड़ने लगता है। चिल्लाकर कहता है – " भैया! आपका पैकेट गिर गया।" अचानक पैकेट से विस्फोट होता है। संतोष के कोमल शरीर के चिथडे–चिथडे उड़कर आकाश में उडने लगते हैं। जमीन और आसमान आज रोते पाए गये। भयंकर विष्फोरण के परिणाम स्वरूप बीस से अधिक लोग एम्स अस्पताल के ट्रॉमा सेंटर पर मौत से संग्राम करते हैं। टेलीविजन पर बालक संतोष के मां का करुण क्रंदन देख दिल दहल जाता है। संतोष की छोटी बहन की आंखों का खालीपन कोई दूर कर पाएगा क्या? यह अपराधी क्या इस परिवार को एक और संतोष दे पाएंगे? यदि सृजन का सामर्थ्य इनमें नहीं तो विनाश का अधिकार इनको दिया किसने? सही में शत्रुता करना बहुत सहज है पर प्रेम करना उतना ही कठिन। ईश्वर अल्लाह इन को सद्‌बुद्धि दें। सामाजिक दायित्व का एक गुरुपाठ दूसरों को सिखा कर संतोष इस संसार से चला गया।

मूल ओड़िया पुस्तक के बारे में कुछ बहुमूल्य विचार

आपके पुस्तक "अनन्यप्रयोग" के अनेक लेखों को मैंने पढ़ा है। ऐसे प्रेरणास्पद सत् साहित्य के लिए किसी भूमिका की आवश्यकता नहीं होती। सत् साहित्य स्वयं अपना परिचय होता है। बहुत सुंदर कथाएं......

– **पद्मभूषण डॉ मनोज दास,** मनीषी साहित्यकार

छोटी छोटी कथाओं के माध्यम से बड़ी बड़ी बातें कहने का प्रयास किया है आपने। सुंदर भाषा और उससे भी सुंदर भाव। 17 वीं सदी के संत आनंदधनजी को ओड़िया पाठकों के समक्ष प्रस्तुत कर पाए तो मुझे प्रसन्नता होगी।

– **पद्मविभूषण डॉ सीताकांत महापात्र,** अंतर्राष्ट्रीय साहित्यकार

सत् साहित्य के सृजन का मैंने सदा अभिनंदन किया है। लोगों के रुचि के अनुरूप लिखने की अपेक्षा नीति अनुकूल लेखों का निर्माण होना चाहिए। आपकी समस्त कथाएं नीतिपरक हैं। वास्तव में यह चमत्कार सृजन है। मुझे बहुत संतोष हो रहा है। इस दिशा में चलते रहिये। हमारा आशीर्वाद आपके साथ है।

– **पद्मश्री ड्राॅ चन्द्रशेखर रथ,** मनीषी साहित्यकार

मैंने भुवनेश्वर से बेंगलूरु आते वक्त हवाई जहाज में आपके पुस्तक से 6/7 कहानियां पढ़ली। शिक्षणीय है, मार्गदर्शक है। इनके पठन से दिमाग हलका व मन प्रसन्न हो जाता है।

पद्मश्री डॉ रजत कुमार कर, वरिष्ठ शिक्षाविद् व साहित्यकार

आपकी कथाओं ने दिल को छू लिया। प्रत्येक छोटे बड़े पाठकों के अधरों पर खुसी लाने का सामर्थ्य रखती है। ऐसी रचनाओं की आजकल तीव्र आवश्यकता है।

श्री जगन्नाथ प्रसाद दास, वरिष्ठ साहित्यकार

आपकी प्रतिभा (सॉरी) प्रज्ञा को नमस्कार। आपने अदभूत साहित्य रचा है। साहित्य के भविष्य को लेकर मेरे मनके समस्त भय और आशंका को इस ग्रंथ ने मानों दूर कर दिया। उच्चकोटी की रचनाएं है यह। मैं आपके व्यक्तित्व की ऊंचाई का सहज अनुमान लगा सकता हूं।

– **श्री हरिपद शतपथी,** वरिष्ठ साहित्यकार

अद्‌भूत ग्रंथ। एक साँस में पुस्तक को खतम कर दिया। अब अपने बच्चों को पढ़ने के लिए दूंगा। मनुष्य के हृदय के वह समस्त उपादान जो मंगलकारी हैं, तथा आध्यात्मिकता से परिपुष्ट हैं, वह सब प्रचुर मात्रा में पुस्तक में उपलब्ध है। संस्कृतनिष्ठ भाषा, पर कहीं भी मस्तिष्क पर बोझ नहीं है। सस्ती भाषा, साहित्य के लिए हारिकारक है। आपका पुस्तक समाज में पाशविक प्रवृत्तियों को नियत्रणाधीन रखने में समर्थ है। ऐसे एक स्वच्छ और परिस्कृत ग्रंथ के लिए ओड़िया साहित्य जगत का अभिनंदन स्वीकार करें।

– **डॉ. रामचन्द्र बेहेरा,** प्रख्यात कथाकार, साहित्यकार

आपके बहुमूल्य पुस्तक की 8 कहानियों का पाठ किया। नया कलेवर, नया ढंग। छोटी कथाओं के माध्यम से समाज को शृंखलित करने का आपने महत् प्रयास किया है। सभी रचनाएं मर्यादावंत है। मैं बेहद प्रभावित हूं। मैंने पुस्तकों को अपने पौत्र को पढ़ने के लिए दिया। वह +3 में पढ़ रहा है। 30/40 अध्याय पढ़ने के बाद उसने सुझाव दिया कि पहले कहानी देकर अंत में सारमर्म रहने से अच्छा होता। आप मेरे से 20 साल छोटे हैं, मेरे पुत्र जैसे हैं। ओड़िया साहित्य के क्षेत्र में एक अभिनव शैली का आपने आविष्कार किया है। मैं आपका अभिनंदन करता हूं।

– **डॉ धनेश्वर महापात्र,** संस्कृत भाषा के मर्मज्ञ विद्वान

तुलसी जैन! आप संभवतः ओड़िआ नहीं हैं। इतना सुंदर कैसे लिख पाते हैं? भावप्रवण प्रसगों की अवतारणा की है, पुस्तक में। ऐसी रचनाएं पत्र–पत्रिकाओं में नियमित स्तंभ के रूप में प्रकाशित होनी चाहिए। आपने हमारे साहित्य को समृद्ध किया है। आपको ढेर सारा स्नेह व शुभेच्छा।

– **डॉ प्रतिभा शतपथी,** यशस्वी साहित्यकार

कुछ दिन हो गये पार्किनसन् से पीडित हूं। आपके पुस्तक ने मुझे जीवन के प्रति अनुरक्त बना दिया है। बहुत सुंदर रचनाएं। सरल, सरस, प्रस्तुति। ओड़िआ साहित्य को आपने ऋद्धिमंत किया है।

– **पद्मज पॉल,** प्रसिद्ध उपन्यासकार

पुस्तको के कुछ पृष्ठों को पलटा। दिल को छू गए। ऐसे साहित्य की आज उपयोगिता है।

– **हरप्रसाद दास,** सुप्रसिद्ध साहित्यकार (कुशल प्रशासक)

अन्यंत उपादेय पुस्तक है। पाठकों को प्रबल प्रेरणा, प्रदान करती है। छोटी छोटी कथाओं के माध्यम से विशाल तत्व को सहजता से समझाने का सफल प्रयास है। पुस्तक में एक गलती की ओर ध्यान दें। **"तव बाधति बाधते"** शीर्षक कथा में बोझ शब्दका प्रयोग हुआ है। बोझ संस्कृत शब्द नहीं है। अत: बोझं न बाधते की जगह स्कन्धं न बाधते राजन होगा। ऐसे मूल्यवान ग्रंथ की रचना करने पर आपको कृतज्ञता के साथ अभिनंदन प्रेषित कर रहा हूं।

– **पद्मभूषण डॉ रमाकांत रथ,** कवि, साहित्यकार व प्रशासक

मुझे 82 वर्ष। पति को 85। तुरंत 3/4 कहानिंया पढ़कर उन्हें सुनाई। वो खुश हो गये। बहुत सुंदर पुस्तक है। उपादेय रचनाएं है।

– **पुण्य प्रभा देवी, प्रख्यात कथाकार,** विशाखापटनम्

अनन्य प्रयोग पढ़ा। बहुत ही सुंदर बना है। लघु कथाएं पर प्रेरक व मर्मस्पर्शी हैं। मेरी कृतज्ञता स्वीकार करें।

– **तपोधन पंड़ा,** प्रसिद्ध लेखक व कथाकार

पुस्तक पारायण के बाद मन उल्लास से भर गया। छोटी छोटी कहानियों के माध्यम से समाज को सुसंस्कृत करने का आपने प्रयास किया है। यही तो किया था गौतम बुद्ध ने धम्मपद के माध्यम से। आपको अशेष धन्यवाद।

– **श्री भागवत प्रसाद,** मनीषी विचारक, गांधीवादी चिंतक

BLACK EAGLE BOOKS

www.blackeaglebooks.org
info@blackeaglebooks.org

Black Eagle Books, an independent publisher, was founded as
a nonprofit organization in April, 2019. It is our mission to
connect and engage the Indian diaspora and the world at large
with the best of works of world literature published on a
collaborative platform, with special emphasis on
foregrounding Contemporary Classics and New Writing.

www.ingramcontent.com/pod-product-compliance
Lightning Source LLC
Chambersburg PA
CBHW020150120726
47903CB00007B/2495
9781645603757